CONTENTS

CROSS NOVELS

CONTENTS

白鷺《しらさぎ》が堕ちる夜

CROSS NOVELS

階下にある大広間では、まだ楽しげな宴が続いている時刻だ。

だがその賑《にぎ》やかな気配は、その部屋までは伝わってはこなかった。

ドイツにある古城の一室。

見事な調度類で設《しつら》えられたその部屋のベッドの上で、桃井晴己《もものいはるき》は下肢から響く濡れた淫らな音に頬を赤く染めながら、与えられる悦楽に声を上げていた。

「ん……っ、あ、あ……」

「そんな風に腰を振らないで下さい。ここはとても繊細な場所ですから、指が当たって傷が付いてしまいますよ」

覆い被さってくる男が優しい声で、耳元に囁く。

——本当にいいんですか?——

そう聞いた時も同じ優しい声だった。だが、今はその声にどこかおもしろがっているような響きが感じられる。

「や……っ、あっ、だめ……そこは……」

「気持ちがよすぎるから、だめなんですか? 可愛い人だ……」

体の中に埋め込まれた指が悦楽を煽る場所をゆっくりと、しかし確実に撫で擦った。

とうに蕩けきった肉襞は指では届かない奥までを犯すことを望んで焦《じ》れている。だが、男は二本の指でもてあそぶようにしながら、晴己の中を慣らした。

「もう……いや…、あ、ああっ」

不意に男の指が三本に増える。

増えた質量に、晴己の唇から上がったのは拒絶でも戸惑いでもなく、あからさまな嬌声だった。

「ああっ、あ、あ、あ……！」

悶えるように足がシーツを蹴る。

中を探る指はまるでわざとのように、さっきまで触れていた弱い場所を避けて動き出した。

「だめ……もう…、いや……」

震える唇から漏れる吐息のような声が哀願する。

その声に宥《なだ》めるような口付けを瞼や鼻、頬へと降らしながら、男は執拗なまでに晴己の中を三本の指でかき乱した。

そして、何度目かの哀願を晴己が口にした時、男はようやく指を引き抜いた。

体の中から遠のいた圧迫感に晴己はぼんやりとした眼差しで男を見る。

美しいアイスブルーの双眸《そうぼう》が、信じられないほどの熱を帯びて自分を見下ろしていた。

つかの間の安堵《あんど》。

淫らな夜はまだ終わってはいなかった。

1

昼下がりのオフィスビルの中は、ほどよい和やかさと緊張感があった。

秘書課では数人の社員が、それぞれの仕事をしていたが、その中、

「三浦《みうら》先輩、ちょっといいですか？」

小さな体をさらに小さくし机の陰に隠すようにしながら近づいて来て、小声でそう言った後輩の友永《ともなが》に、三浦晴己は顔をパソコンに向けたままで聞いた。

「どうかしたんですか？」

「パソコンがちょっとおかしくなっちゃって……」

「おかしいって？」

「何もしてないのにパソコンの電源が落ちちゃって、うんともすんとも言わないんです」

そういう友永の声は今にも泣き出しそうだ。それに晴己は小さく息を吐くと、

「私もあまり機械関係は得意じゃないんだけどね。見るだけ見ようか？」

そう言って立ち上がる。それに友永は藁《わら》にも縋る、というような顔で晴己を見た。

「お願いしますっ」

そういう声も、なぜかかなり小さい。

そして隠密行動を取るかのごとく、体を小さく隠したままで自分の席へと晴己を先導してく。

だが、先導される晴己が普通に歩いているため、友永の行動にはあまり意味がない。

だが、本人の気持ちなのだろう。

友永の机の上に鎮座している、会社から支給されたデスクトップパソコンは、確かに電源が落ちた状態だった。電源を入れても起動する気配がない。

「トイレに行く前はついていたんです。すぐに戻るから、落とさずに行って……」

そういう友永は今にも泣き出しそうだ。

「熱くなりすぎて落ちることはあるけど……でもそんなに熱くないね」

触ってみたが、ほんのり暖かい程度で熱くはなかった。

「どうしよう……作成中の資料が」

友永がそう言った時、

『ミスター・ミウラ、明日のレセプションのスピーチ原稿はできていますか』

流麗な英語が響き、ゆっくりと一人の男が近づいて来る。

その声と気配に友永は凍りつき、晴己は顔をその男へと向けた。

『はい、もうまとめてあります』

晴己がそう言うのに頷《うなず》いたドイツ人社長秘書、ゲオルク・ドレッセルは、晴己の陰に隠れるようにしている友永へと目をやった。

『ミスター・トモナガ、どうしたんですか？』

『えーと……、あの、資料を作ってて…トイレに行ったらパソコンが…』

最初から挙動不審だった友永だが、ゲオルクの質問に完全にテンパってしまい、最初は英語で話そうとしていたのに、最後は日本語になっていた。

その友永に代わって、晴己が説明する。

『パソコンの電源が席を離れている間に勝手に消えて、そのまま復旧しないんだそうです』

『電源が？』

ゲオルクはそう言うと、軽く腕を組み、片手を顎の下へやり、考えるような仕草を見せた。一八〇半ばほどの長身に、ダークブラウンの髪と深い緑の瞳をしたゲオルクが、晴己はあまり得意ではない。

見た目は素晴らしく整っていると思う。少し神経質そうに思えるところもあるが、女子社員の中にはゲオルクに熱を上げている者が少なくない。

今のような姿は、まるで探偵映画のワンシーンのようでさえあると思う。

だが、晴己は苦手なのだ。

そして、友永もゲオルクを苦手にしていて、今の彼は生きた心地がしない、といった様子だ。

ゲオルクは少し考えた後、おもむろに動いた。

そして友永の机の下を覗《のぞ》くように膝をつくと、友永が乱雑に置いていた荷物をどけ、

『原因は、これですね』

そう言って、抜けたコンセントを指さした。

「あ……」

友永の口から思いがけない、といった様子の声が漏れる。

『君が席を立つ時に荷物を蹴りでもしたんでしょう。その勢いで荷物がコンセントの上に崩れて、抜けたんですよ』

『す、すみません……』

『ミスター・トモナガ、君は少し荷物の整理をきちんとした方がいいですね。机の上も、お世辞にも整っているとは言えない。自分の管理もできないのに、秘書として重役のスケジュールや荷物の管理ができるとは思えません』

ゲオルクは決して怒っているという口調ではなく、淡々とした口調でそう言った。

『すみません、これから気をつけます』

『いますぐ、片付けてください。ミスター・ミウラ、レセプションの原稿を見せて下さい』

注意を促すと、もう友永には用はない、といった様子でゲオルクは晴己に話を振り、自分の席へと戻って行く。

晴己は友永に、気にするな、という意味で軽く肩を叩いてやると、友永は頷き、

「片付けますよーだ。おたんこなすの冷血漢」

決して、悪態をついている、という風ではない明るい声で、ゲオルクの背に向かって日本語で言った。

ゲオルクは母国語であるドイツ語と、あと英語を話すが、日本語は皆目だめらしい。そのため口調さえ気をつければ日本語で悪態をついていてもゲオルクは気づかないのだ。

新入社員ということもあって、何かと注意されることの多い友永は、そうやってささやかなス

トレス解消を図っているらしい。

本当は咎《とが》めた方がいいのだと思うのだが、まるで秘書課の可愛いペット、とでもいうような雰囲気の友永は、そういうことをしていても罪がなく思えて、つい野放しだった。

晴己は、そんな友永にただ苦笑してすでにプリントアウトしてあった原稿を手にすると、ゲオルクの席へと向かう。

『こちらです』

そう言って原稿を渡すと、ゲオルクは受け取った原稿へと目をやる。

『結構。では、これを社長に届けて下さい』

その言葉に、晴己は目を見開いた。

『私が、ですか?』

『ええ。私は、これから本社に定時連絡を入れなくてはなりませんから。それに、君の役職も社長秘書、だったかと思いますが?』

ゲオルクは社長の第一秘書で、晴己は社長秘書補佐、という立場にある。ゲオルクが忙しい時などは、晴己が代わりを務めることは、決して珍しくはないし、当然のことだ。

ゆえに、晴己は分かりました、と返事をしたが、気分は一気に重くなった。

『じゃあ、頼みましたよ。ああ、その後、受付もお願いします』

ゲオルクはそう言い、自分の机へと戻るとパソコンに向かう。

これからドイツの本社に定時連絡を入れるのだろう。

晴己の勤務する笠原商事が、外資との提携——という形の買収にあったのは、二カ月前のことだ。

元々は小さな町工場だった笠原工業が、医療用精密機器の部品の開発で成功し、急激に成長してできたのが笠原商事だ。

自社ビルを建て、他分野にも手を伸ばし、一時は飛ぶ鳥を落とす勢いだったのだが、急激に事業を拡大したためのコストは、長引く不況で思うように回収できなかった。

そして、社運を賭けていた製品開発に敗れたことで事業力が低下し——今すぐ倒産というわけではないにしろ、あまり経営状態は明るくなかった。

社員の間の噂でしかなかった大規模リストラが真実味を帯び、殺伐とした空気が漂ってきた頃、出てきたのが提携の申し出だった。

職人気質《かたぎ》な笠原の仕事に惚れ込み、是非にと、かなりの好条件での提携は行われ、リストラはごく小規模で済み、ほとんどの社員が胸を撫で下ろした中、晴己の心中は穏やかではなかった。

晴己とて、会社が提携で持ち直すことは嬉しかった。

しかし、提携先が個人的に問題だったのだ。

ドイツの、リーフェンシュタール財閥。

しかも、提携先の新社長として赴任して来た人物が、一番の問題だった。

晴己は社長室のドアの前で、小さく息を吸い、細い指先で、かけている銀縁メガネのフレームを押し上げると、扉をノックした。

「失礼致します」

「どうぞ」

中からの声に、晴己はお化け屋敷に突入するかのごとく覚悟を決めてドアノブを回した。

広く機能的な社長室の真ん中に設えられた机で、新社長である男は書類に目を通していた。

「失礼します、明日のレセプションでお読みになるスピーチの原稿をお持ちしました」

晴己は事務的な声でそう言いながら歩み寄ると、机の上にそっと原稿を置いた。

「ありがとう、目を通すから待っていてくれ」

流麗な日本語を話す新社長、クラウス・フォン・リーフェンシュタールは、リーフェンシュタール財閥の御曹司で生粋のドイツ人だ。

豪華な金色の髪を惜し気もなく後ろに撫でつけ、アイスブルーの瞳はまるで涼やかな宝石のようだ。

その瞳の色のせいだけではなく、冷たく見えてしまいそうなほど整った顔立ちに、モデルのような姿態、そして三十四歳という若さ。

新社長就任以来、女子社員が色めき立ち、今や社外にまでファンクラブがあるらしい。

そのクラウスが、晴己にとって問題だった。

過去に一度、晴己はクラウスと会っている。

六年前、晴己がまだ二十歳になったばかりの頃だ。

ドイツに行った際に、ちょっとした利害関係もあって、一晩を共にしたのだ。

平たく言えば、エッチをした。

そして、とりあえず逃げた。

以来、晴己はフェードアウトに努め、『若さゆえのあやまち』として記憶の彼方へやろうとしていた時期での、提携と再会である。

だが、クラウスはどうやら晴己のことは覚えていないらしく、今のところ過去のことを蒸し返すような様子はない。

それでも、晴己は気が気ではなく、できる限りクラウスと接点は持ちたくないのだ。にもかかわらず、クラウスの就任後、晴己は社長秘書補佐などという役職についてしまった。

秘書課には晴己の外に、数人の先輩がいて、普通ならそんな役職が晴己に回ってくるはずはなかったのだ。

しかし、回ってきた。

決めたのはクラウスではなく、ゲオルクだった。

クラウスと接点を持ちたくなかった晴己は即座に辞退を申し出た。

『先輩を差し置いて、私が補佐なんて、できません』

という、もっともらしい理由で。

基本、年功序列でできている日本社会では、それを乱すとやっかみの対象になり、和を乱す。

そういう面も説明したのだが、ゲオルクは聞き入れてはくれなかった。いや、それにも理由があった。

『社長にはあまり女性を近づけたくはないんですよ。あの通りの方ですから望まずとも女性が寄ってきます。社長自身に魅力があるのはもちろんですが、その後ろにあるものはもっと魅力的でしょうから。不用意なことで、財閥のスキャンダルにしたくはないんです』

秘書課の先輩は、女性ばかりだった。

以前は男の先輩もいたのだが、社長が交替するときの人事異動でいなくなってしまい、男で一番の年長は晴己だったのだ。

そういう理由を持ち出されては反論もできず、結局、社長秘書補佐を務めているのだ。

「よくまとめてくれてるね。ありがとう」

原稿に目を通し終えたクラウスがそう言って晴己へと視線を向ける。

「そうおっしゃっていただけると、安堵致します」

表情を変えず、晴己はあくまでも事務的に言った。

それにクラウスは口元だけで笑う。

クラウスは母国語であるドイツ語も英語も、そして日本語も堪能だ。

日本語が堪能なクラウスに、わざわざ日本語の話せないゲオルクがついてくる必要があるのか、日本人秘書で十分じゃないのか、というようなことは、以前秘書課でも話に上った。

だが、本社との定時連絡や報告書はすべてドイツ語で行われる。秘書課のみならず他部署にも、ドイツ語のできるものはいないため、
それにゲオルクは実際、かなり有能だった。

クラウスのスケジューリングや、その他の事務能力においても群を抜いていて、まるで精密機械のような完璧な仕事だ。

そんなゲオルグと日本人スタッフとの緩衝材になっているのが晴己である。

そう、晴己の仕事はあくまでも『社長秘書補佐』で、基本、ゲオルクのお手伝いなのだ。

もちろん、お手伝いといっても仕事はハードで、ゲオルクの手が回らない時にはこうしてクラウスのところに来ることもあるが、それはしょっちゅうではない。

せいぜい、週に一度か二度、あるかないかだ。

それは、クラウスと接点を持ちたくない晴己にとっては、かなりありがたいことだった。

「何か御用はおありですか？」

「いや、結構」

「では、失礼致します」

用事は済んだのだから、長居は不要だ。晴己は踵《きびす》を返し、ドアへと向かう。

その背中に、クラウスは声をかけた。

「三浦くん、君は本当に歩き方や仕草が優美だね」

その声に晴己は足を止めた。

――嫌な展開……。

そう思いつつ、晴己は振り返る。

「ありがとうございます。以前にも申し上げたかと思いますが……」

「確か趣味で日舞をやっているんだったね」

晴己の言葉の先をクラウスが続けた。

「日舞だけではなく、お茶と生け花も学んでおります」

そう返した晴己に、クラウスは口元に笑みを浮かべる。

「日本の文化は実に興味深いね。歌舞伎や能なんかも一度ゆっくりと見てみたいものだ」

「そのようにドレッセルさんに伝えておきます。時間の調整ができればよろしいのですが」

晴己はそう言うと、小さく会釈をして社長室を出た。

扉を閉めた瞬間、晴己はその場に座り込んでしまいたくなる。

恐ろしいほど緊張したが、とりあえず今日も『若さゆえのあやまち』に触れることはなかった。

――ていうか、絶対忘れてるよな。うん、忘れてる。俺も随分変わったし……。

晴己は胸の中で、事実を反芻《はんすう》するというよりは、己に言い聞かせるようにそう呟いた。

◇◆◇

会社が終わり、晴己は一人暮らしをしているマンションではなく、実家へと向かった。

晴己の実家である桃井家は日本舞踊・桃井流の家元で、それに相応《ふさわ》しく家も純和風のいわゆる『豪邸』だ。

会社では日舞を趣味で、と言っているが、実家が家元である以上、趣味の範囲のはずがない。

名取で師範代、そしてかつては『市花《いちはな》』の名で舞台に立ち、二年前には桃井の名跡の一つである『花鶯《かおう》』を継いだ。

もっとも、就職してからは舞台に立つのも一年に一度あるかないか程度だし、当然実家が開催する舞台のためギャラも発生しないので、あくまでも『趣味』として会社には言ってあるのだ。

それが通用するのも、現在、晴己が桃井姓を名乗っていないからだろう。

晴己が今名乗っている三浦姓は、晴己の母の旧姓だ。

晴己の母は三浦家の一人娘で、『子供が生まれたら最初の子は桃井を、二人目は三浦を』という条件で桃井に嫁いだのだ。

ただ、結婚後なかなか子供に恵まれず、六年目にしてようやく授かったのが晴己の姉の恭子だった。そしてさらに十年がたって生まれたのが晴己だ。

二人目だが長男。

そんな晴己を養子に、というのはさすがに三浦家が固辞した。

かといって、姉の恭子を、というのも難しかった。

恭子は舞踊家としては天賦の才に恵まれ、晴己が生まれたときにはすでに『天才少女』として知られた存在だったのだ。

なかなか次の子供に恵まれなかった父も恭子を次期家元にすべく心血を注いでおり、恭子を養子に、というのも考えられなかったのだ。

結果、晴己が成長したときに事情を話し、納得すればということになり——成長した晴己は納得して戸籍上三浦家に養子に出た。

　とはいえ、生活実態は桃井に置いたままで、学校に通っている間は正式な書類以外は桃井のままにしてあった。

　三浦姓を名乗るようになったのは、就職してからのことだ。

　もっとも三浦姓を名乗るようになったからといって、晴己の生活が変わったわけではない。

　一人暮らしはしているが、師範代であることもあり週の半分は稽古のために実家に帰っていた。

「ただいま」

　晴己はいつものように玄関から真っすぐに台所へと向かう。

　台所では、母親が晴己の夕食の支度を整えて待っていた。

「おかえりなさい、晴己。今日は少し遅かったのね」

「うん、ちょっとだけ残業があったから……あ、カレイの煮付けだ、嬉しい」

　好物が用意されているのに、晴己は喜ぶ。

　晴己の母親は料理が上手で、家事のほとんどは通いの家政婦に任せているが料理だけは昔から彼女が作っていた。

　晴己が稽古のために実家に帰るのを厭《いと》わないのは、母親の食事が食べられるからでもある。

「早く食べてしまった方がいいわ。鬼があなたの帰りを今か、今かと、ジリジリして待っていたから」

　母親はそう言いながら、晴己の茶碗にご飯をよそった。

「ホントに？　じゃあ、急いで食べないと。いただきます」

きちんと手を合わせてから、晴己は箸をカレイの煮付けへと伸ばす。

「どう、おいしい？」

「うん、凄いおいしい。煮付けの汁だけでもご飯三杯くらい食べられそう」

母親の言葉にそう返しながら、再び箸を煮付けへと伸ばした時、廊下を真っすぐに台所へと向かってくる足音が聞こえ――

「ちょっと晴己、遅いわよ」

顔を出すのと同時にそう言ったのは鬼の……いや、姉の恭子だった。

「仕方ないじゃん、残業だったんだから」

「仕方ないじゃないわよ、あんたの受け持つ稽古、もう始まってんのよ？　それなのに、何を悠長にご飯食べてるわけ？」

着物姿に仁王立ちで恭子は晴己に言う。それに、晴己は箸を置かないままで返した。

「別に、悠長にってわけじゃ……」

「いい？　生徒はあんたの稽古を受けるために来てるのよ。残業で遅れるのは仕方ないとしても、遅れてる上にご飯食べてんじゃないわよ。生徒に失礼でしょ。さっさと切り上げて着替えてきて。十分で稽古場にいらっしゃいよ」

恭子はそう言うと、台所を出て稽古場へと戻る。

「……仕方ないわね。晴己、ちゃんと取っておいてあげるから、お稽古いってらっしゃい」

恭子を怒らせるとタチが悪いということを知っている母親は、晴己にそう促した。

それに晴己もおとなしく従い、着替えに部屋へと戻る。

普通、十歳も年が離れていると下の弟妹はかなり可愛がられて育つ、と聞いたことがあるのだが、自分の場合、絶対に当てはまらない、と思う晴己である。

晴己が物心ついた時には、もう恭子は師範代だったたし、その恭子に稽古を見てもらうことも多かったのだが、とにかく厳しかった。

姉というよりも、師匠だ。

そのヒエラルキーは、稽古場以外でも発揮され、晴己は恭子には逆らえない。

恭子の物の考え方の中心には常に日舞があり、どうすればよりよく舞えるか、どうすれば生徒に舞うために必要な技術や心をちゃんと伝えられるか、とそういうことにとにかく一生懸命だ。

それが分かるからこそ、逆らえないのだ。

それに、今夜のことは晴己も迂闊《うかつ》だった。ちゃっちゃと食べてしまうつもりだったが、確かに稽古に遅れているのだから、食事をしている場合ではない。

——結局甘えてんだよな、実家だから……。

そんな風に胸のうちで反省して、晴己は着物の帯をキュッと締めた。

稽古の後、居間の机には両親に恭子、恭子の夫の弘次《ひろつぐ》、そして晴己が揃って晩酌タイムに入っていた。

もちろん、晴己は晩酌にも参加しつつ、ようやくの夕食だ。

「今度の発表会に新人組の仕上がりは間に合いそう？」

恭子がビールを晴己のグラスに注ぎながら問う。

「二人くらい危なっかしいのがいるけど、発表会までには間に合わせる」

「ならいいけど……。あんた自身は大丈夫でしょうね」

恭子の言葉に、晴己は首を傾げた。

「何とかなると思うよ、群舞の中のちょい役だし。今度父さんに稽古見てもらう」

「そうしてちょうだい。ちょい役って言っても、花鶯が久しぶりに舞台に立つとなれば、客の入りが少し違ってくるんだから」

「俺だって、みっともない姿は舞台で見せたくないからね」

そう返す晴己に、労《いたわ》るように声をかけたのは義兄の弘次だ。

「大変だね、晴己くんも。会社と稽古の二足の草鞋《わらじ》だと疲れるだろう？」

弘次は、日舞とはまったく無関係の世界にいた人間だ。

友達から『姉が舞台で踊るから賑やかしに来てくれないか』と言われて、つきあいで見た日本舞踊の公演で、『藤娘』を舞った可憐な恭子に一目惚れしてしまったという大変気の毒な男である。

何が気の毒なのかと言えば、舞台の上の恭子と、実生活の恭子との間にはかなりの隔《へだ》たりがあるからだ。

舞台の上の恭子は、どんな演目であれ、まるでその役柄が憑り移ったかのように舞う。『藤娘』を舞った恭子は、随分と可憐で愛らしかったに違いない。が、実生活の恭子は踊りの鬼だ。

それは昔から変わらない。

だが、『藤娘』の恭子を一途に思い続けるうちに、時折見せる毒の部分にもすっかり慣れ――いや毒が回ったとしか思えない弘次は、三年がかりで口説き、婿養子という条件さえ快諾して桃井に来たのだった。

結婚当初はまだ、家元として父がいたため多少なりともおとなしかった恭子だが、父が持病の心臓病を悪化させ、舞台に立つのが難しくなってからは、実質家元として周囲から頼られるようになり、いまや桃井の女帝だ。

その女帝の陰で、いつもにこにこと笑いながら、旗を振って応援している感じがするのが弘次で、はた目に見れば尻に敷かれている、というようにしか見えず、つい晴己は可哀想だな、と思ってしまうのだ。

「あんなちょい役くらいで大変なんて言わないでよ。ねぇ、家元？」

女帝は晴己が返事をするより早くばっさりぶった切って視線を父親へと向ける。

「難しいのは、役柄ではなく、おまえが目立ち過ぎないことだな。今度の公演はあくまで生徒さんの発表会だから」

父親は控えめな声でそう言い、晴己を見た。

「それは、承知してます。できるだけ、控えめにやるつもりですから」

そう返した晴己に父親は頷き、週末に稽古を見てやる、と言うと、立ち上がった。

「先に失礼させてもらう。晴己、明日も会社があるんだから早く帰りなさい」

「はーい。おやすみなさい」

師匠と弟子、というような状況だったさっきとは違い、砕けた口調で晴己はそう言って父親を送る。

母親も、父親と一緒に寝間へと下がり、居間には三人だけが残った。

この三人になると、かならず遅くなる。

晴己は父親が言った通り、仕事もあるので、できるだけ早くマンションへ帰りたいのだが、恭子がつい話し込むのだ。

父親がわざわざ『早く帰れ』と言ったのは、恭子への『早く帰してやりなさい』という牽制でもある。

この日は、話し込むほどの話題はなく、グラスに残っているビールを飲み干したら帰ろうと思っていた晴己が、グラスを手に取り飲みかけたとき、恭子がさらりと爆弾を落とした。

「そうそう、今度の発表会にリーフェンシュタールさんを招待したわよ」

その言葉に晴己は思い切りむせた。

「——っ——ふ、……ぇふっ、……えふっ！」

「ちょっ、汚いわね、吹き出さないでよ」

恭子はそう言ってふきんを晴己の方へと手で押しやる。だが、晴己はむせ続けていて自分で机を拭く余裕などない。

「晴己くん、大丈夫かい？」

そんな晴己の様子に心配そうに声をかけながら、弘次が机の上を拭いてくれる。

なんて優しい義兄なんだろう、と思いつつ、ようやく咳の止まった晴己は目に浮かんだ涙を拭ってから、恭子に言った。

「なんでそんなこと……っ」

「なんでって、リーフェンシュタールさんはうちの大切なスポンサーなのよ？　忘れたわけじゃないでしょう？」

恭子の言う通り、リーフェンシュタール、いやクラウスは桃井流の大事な大口スポンサーだ。

そのために、晴己はその昔、ドイツで公演を行った時に関係を持ったのだ。

もちろん、関係を持ったことなど恭子には言っていない。

純粋に支援を惜しまないでいてくれる大事なスポンサーだと思ってくれているはずだ。

だが、クラウスが日本にいることを、なぜ恭子が知っているのか、それが晴己には引っ掛かった。

クラウスは今まではドイツにいて、晴己はクラウスが日本に来たことは恭子には話していない。

会社のことは一切話したことはなくて、会社が外資と提携したことさえ話してはいないのだ。

「なんで、リーフェンシュタールさんが日本にいるって知ってんの？」

「あんたの会社の新しい社長だってことも知ってるわよ」

腹黒い笑みを浮かべて恭子はさらりと返す。

「……なんで知ってんの」

虎の尾を踏む覚悟で、再び晴己が言った時、口を開いたのは弘次だった。

「新聞に出てたからね。リーフェンシュタールと晴己くんの会社が提携するって話。言わないのは、多分心配をかけたくないからだろうって話してたんだ。落ち着いて話す気になったら話してくれればいいと思ってたし」

弘次は穏やかな声でそう説明する。

だが、その横で恭子はさっきと同じ笑みを浮かべたままで言った。

「それにね、リーフェンシュタールさん、友の会に入ってくれてるの覚えてるかしら？　その友の会の方に住所変更の連絡があったって事務の子から聞いて、それでこちらから連絡したの。今度の発表会にご招待したいんですけれどって」

「姉ちゃん！　なんでそんなこと……っ」

「せっかく日本にいらしてるのに、こちらからご挨拶しないのは失礼でしょ。まったく、大事なスポンサーのことなのに、あんた全然言わないんだから。会社で失礼なことしてないでしょうね」

「姉ちゃん、余計なこと言ってないだろうね！」

晴己ははっとして、問い返した。

クラウスと関係を持った『桃井市花』と『三浦晴己』がつながってはマズいのだ。

同一人物などと分かったら、昔のことを持ち出されるだろう。

それだけは嫌なのだ。

晴己にとっては、封印してしまいたい過去なのだ。

「余計なことって何よ。あんたの話なんかしてないわよ。大体、直接話したわけじゃないわよ。新しい住所にご挨拶のお手紙を出しただけ。ぜひ伺いますって返事はきたけど、それだけよ」

恭子の言葉に晴己は安堵の息を吐いた。

その様子に恭子は眉を寄せる。

「あんた、なんでそんなにこの世の終わりみたいに焦《あせ》ってんのよ」

過去のことを知らない恭子にしてみれば、晴己の焦りようは尋常ではないだろう。

それに晴己は、

「前にも言っただろ、うちの会社、兼業はダメなんだって。だから、就職の時から三浦姓に変えたんじゃん。桃井晴己で『日舞は趣味です』ったって、名前だけで桃井の師範代ってすぐバレて趣味で通らないけど、三浦晴己ならそうそうバレないから、趣味で通るって」

「まぁ、姑息」

「なんとでも言えば。教室で稽古見たってビタ一文もらってないのに、兼業だって言われてクビになんてなりたくないからね」

そう、他の師範代がレッスン料として給料を支払ってもらっているのに対して、晴己は無償奉仕だ。

だが、そう言った晴己に、恭子は、

「家族から金を巻き上げる気なわけ、あんた」

と、半分脅すような口調で言った。

「そんな気はないってば。とにかく、事実上ボランティアなんだから、痛くない腹を探られたくもないの。だから、絶対に三浦晴己と桃井をつなげるようなことはしたくないって言ってんの。もしバレたら、俺、舞台に二度と立たないし、稽古も見ないからね」

晴己はそう言って逆に脅す。

いや、脅しではなく、本気だ。

「うちは、三浦晴己と、桃井市花や桃井花鶯がつながっても何のメリットもないもの、何も言うつもりはないわ。あんたの方こそ、そんなに隠したいなら気をつけなさいよ。人の口に戸は立てられないんだから」

逆にそう恭子は忠告する。

それに頷いて、晴己は少なくとも、クラウスが日本にいる間だけはバレてほしくはない、とそう思った。

もっとも、どの程度クラウスが日本にいるのかは、今のところまったく分からないのだが……。

2

それは、今から六年前のことだ。

晴己が二十歳になったその年、桃井流を災難が襲った。

桃井流の名取だった野川《のがわ》という男が、他の数人の名取や師範代と共謀して、弟子や教室の生徒をごっそり大量に引き抜いて独立し、『鵬元流《ほうげん》』という流派を立ち上げたのだ。

綿密に計画を立てていたらしく、法的に問うことのできない方法で、だった。

生徒の激減は、月々の月謝が主な収入源だった桃井流にとっては頭の痛い問題だったが、それだけならまだなんとかなったのだ。

だが、問題はそれだけではなかった。

これまで桃井流のスポンサーだった企業の幾つかも、鵬元流に取られてしまった。

しかも、桃井流は恭子や晴己の人気で生徒が増えたため、稽古場を増設したり新設したりしたところだったのだ。

資金的にきちんと回る予定で、むちゃな計画ではなかったが、大量の生徒の引き抜きでその予定は狂い、それらの稽古場を使う生徒さえいなくなってしまったのだ。

残ったのは膨大な額の借金。それを返す目処は立たなかった。

新しいスポンサーを探そうにも、長引く不況のせいで色よい返事はもらえず、残った生徒の月謝をすべて返済に回しても、まだ月々の返済額には少し足りなかった。

「まったく、野川がここまで用意周到にやってるとは思わなかったわ……」

恭子は一日中金策に走り回り、家に戻るといつも疲れきっていた。

「はい、お姉ちゃん、お茶」

居間の机の前で足を投げ出して座っている恭子に、晴己はお茶を出した。

「ありがとう。父さんは？」

「寝てる。母さんがついてるよ」

晴己の返事に、恭子は少し安心した様子で出されたお茶を口にした。

思ってもいなかった事態に、もともと血圧が高めだった父親は倒れてしまったのだ。心臓に持病があるため、本来なら入院している方がいいのだが、無理を言って家に戻っているのだ。

「早く安心してもらえるようにしなきゃ……。自分が動けないもどかしさで余計に血圧を上げちゃいそうだわ」

そう言った恭子に、

「新しい稽古場、だれも使わないなら誰かに売るとか、貸すとか、そういうのはできないの？」

晴己は思っていたことを聞いた。だが、それに恭子は頭を横に振った。

「今のこの状況じゃそれは得策じゃないわ。ただでさえマスコミは、桃井のお家騒動、なんて言って面白おかしく書き立ててるのよ。そんな時に、できたばかりの稽古場を売りに出したりしたら、いよいよ危ないって書かれて、今残ってくれてる生徒さんまで欠けていくわ」

「でも、じゃあどうすんの……？　返済も大事だけど、毎月の生活費とかも……」

「生活費は、心配しなくていいわ。弘次さんの稼ぎで家族五人、ぜいたくしなけりゃ食べて行けるわ。経済力のある優しい婿をもらっておいてよかったわ。ねー、弘次さん」

黙って話を聞いていた弘次に、恭子はわざとおどけてそう言う。

「もう少し、稼ぎがあればよかったんだけど、ごめんね」

それでも弘次はそう謝った。

「俺、バイトしようかな。そうしたらちょっとは……」

大学生だった晴己にできることといえば、それくらいしかない。しかし、恭子は笑った。

「バイトする時間があるなら、あんたは稽古よ。それに、あんまり心配しなくていいわ。実は一つ、考えてることがあるの」

「考えてること？」

どんな妙案があるのかと身を乗り出した晴己に、恭子はとんでもないことを口にした。

「学生時代から、私の熱烈なファンだった友達が、今、仕事の関係でドイツにいるのよ。で、今回のことをどこからか知ったみたいで、心配して連絡をくれたのよね」

「じゃあ、その人がお金を貸してくれるとか？」

「残念ながら、そういうわけじゃないわ。でも、提案してくれたの。パトロンになってくれそうな企業のお偉方やなんかに引き合わせてくれるって。だから、海外公演をしてみないかって」

恭子が言ったその計画に、晴己はため息をついた。

「……それって、結構無茶っていうか、無謀っていうか、すごい博打チックじゃない？」

「ええ、それは十分私も分かってるわ。でもね、国内企業でスポンサーを募るのは難しいのよ。ヘンに騒がれてる分、余計にしりごみされちゃって」

「でも……、向こうで公演したって、スポンサーが見つかるとは限らないじゃん。そうしたら、海外公演に行く費用だけでも無駄ってことに……」

悲観的な意見を言った晴己に、恭子は睨《にら》みを効かせた。

「何？　あんたは私の踊りじゃ海外のスポンサーを見つけられないとでも言うわけ？」

「そんなこと言ってないじゃん。でも、賭けだと思う」

「勝算もないのに、賭けには出たりしないわ。……友達が言うには、日本文化に興味のある人は結構多いらしいの。いい返事をくれそうな企業家もいるから、是非にって言ってくれてるしね」

「もう行くって決めてるんじゃん。じゃあ、もう止めないけど、頑張ってね」

そう言って、快く送り出そうとした晴己に恭子は、平然とした顔であっさり言った。

「あんた、何ヒトゴトみたいに言ってんの？　あんたも行くのよ」

「………はぁ？」

「もう、そのつもりでビザも申請したし」

「ちょっと待ってよ！　なんで勝手にそういうことするわけ？　俺にだって都合が……」

あまりにも勝手に物事を進められて、さすがに晴己はキレた。しかし、

「都合？　今、この状況で、家のこと以上に大事な何があるっていうの？」

そう返す恭子の声は、決して怒ったりしてはいなかったが、反論を許さないものでもあった。

「いや、その大事とか、大事じゃないとかってわけじゃなくて……」

ゴニョゴニョと喋《しゃべ》りの怪しくなる晴己を助けたのは、成り行きを見守っていた弘次だった。

「恭子、急に言われて晴己くんが驚くのも無理はないよ。それも、知らない間に話が進んでたら、いい気はしないだろうし」

弘次の言葉に、恭子は軽く頷いた。

「それもそうね。でも、行ってもらうのは変わらないから、そのつもりでいてね。詳しい日程は決まったら言うわ」

だが、晴己の同行は変わらず、恭子はそれ以上の反論は聞かない、とばかりにお茶を飲むと、立ち上がった。

「疲れちゃったから、先にお風呂にいかせてもらうわね」

そう言って居間を後にする。

居間に残った晴己と弘次は、互いに『苦労するね』というような視線を交わしあったのだった。


恭子主導で海外公演の準備は着々と整えられた。

海外公演と言っても、大規模なものではない。ちゃんと会場として押さえてあるのは、何カ所かの小さな市民ホール程度だ。それ以外は恭子の友人のツテで、向こうの富裕層のパーティーで舞を披露することになるのだが、それがメインのような感じだ。

そのせいか、同道メンバーはかなり少ない。恭子と晴己、それから桃井に残ってくれた名取の中から恭子が選んだ三人、そして裏方的な仕事をしてもらう事務員を二人、と合計七人だ。

本来、地方《じかた》と呼ばれる演奏者たちもいるのだが、彼らを同道すると渡航費用や滞在費だけでも恐ろしい金額になるため、今回はCDで舞うことになった。

荷物の手配も済ませ、後は渡欧する日を待つだけ、という状況になったのだが、ここまで来て大きな問題が持ち上がった。

恭子が急な腹痛を訴え、倒れたのだ。

運ばれた病院で告げられたのは『切迫流産をしかかっている』という言葉だった。

その言葉で、晴己や弘次だけでなく、恭子本人も妊娠を知った。

すでに四カ月に入っていたのだが、もともと生理が不順気味だったこともあり、ストレスで飛んでしまっていると思っていたらしいのだ。

入院の上絶対安静の身では渡欧など問題外で――結局、恭子を抜いた六人で渡欧することになったのである。

出発の日、朝から病院を見舞った晴己に、恭子はちょっとはしおらしく、激励の言葉を言うかと思いきや、

「ちゃんとスポンサー、捕まえて来なさいよ。捕まえて来なかったら分かってるでしょうね」

と、しっかり脅した。

そして脅された晴己は、その日の午後のうちに機上の人となり、十数時間をかけて恭子の友人

である倉田《くらた》の待つドイツへと到着した。

倉田は恭子のことをとにかく心配していたが、だからといって恭子のいない晴己たち一行をぞんざいに扱うことはなかった。できるかぎり倉田自身が同行して通訳をかって出てくれ、倉田が仕事で無理な時は信頼できる通訳をつけてくれた。

慣れない土地で、しかも満足に言葉の通じない中ながら、予定していた公演は現地の日本人が来てくれたりしておおむね盛況で、初めて日舞を見るドイツ人にも随分と関心を持ってもらえた。

いわゆる『友の会』に入ってくれる人は結構いたのだが、それでもすぐスポンサーにと名乗りを上げてくれる人物はいなかった。好感触を得られても、返事は後日、というのがほとんどだ。

そんな状況が続き、三週間の日程は気がつくと帰国まで四日、というところにきていた。

「どうしよう、このまんま、なんの成果もなかったら……」

移動のバスの中で、晴己は胃を痛くしていた。

「晴己くん、なんの成果もないってことはないですよ。営業用に持って来たブロマイドとか、凄く売れてますからそれだけでも結構な額です。それに、友の会に入って下さる方も多いし」

慰めるように、事務員の沢田《さわだ》が言った。

「でも……姉ちゃんの言う『成果』には遠いよね。姉ちゃんなら、多分さくさく金持ち捕まえたんだろうなぁ……押しも強いし」

晴己はそう言ってため息をつく。

スポンサーにと名乗りを上げてくれる個人も企業も、今のところない。企業系は、やはり会議にかけてからでないと、というところがほとんどで——体のいい逃げ口上なんだろうなと、被害妄想チックにそう思ってしまう。

残っている公演は、今夜と、明日の市民会館らしいところ、それから明後日の企業のレセプションへの出演だけだ。

その三つで、なんとかしなければならない。

晴己はかなりの焦りを感じていた。

その夜、晴己たちが招かれたのはヨーロッパ屈指の大財閥だという貴族の城だった。街まで離れていることもあって、宿泊もさせてくれるという。

城の敷地内の別棟にはきちんとした舞台の設えられたホールがあった。オペラが好きだったという先々代の当主が、人を招くとわざわざ役者を呼び寄せてオペラを催したらしい。

この日も、当主が社交の場を設け、招待客の前で晴己たちは舞った。

その公演後も衣装のままで、招待客と写真を撮ったり、片言に近い英語をメインでなんとか話をしたり、晴己はいつもよりも積極的に接待をした。その中、

「市花さん」

名を呼ばれ、晴己が振り向くと、そこには倉田が背の高い男を伴って立っていた。

「倉田さん」

「今夜も素晴らしかったですね。彼もあなたを絶賛していました」

倉田はそう言って視線を隣の男へと向ける。

「クラウス・フォン・リーフェンシュタール、この城の当主のご子息です。あなたをぜひ紹介してほしいと頼まれましてね」

男は豪華な金色の髪と、アイスブルーの瞳。そして作りものめいて見えるほどに整った美しい顔立ちをしていた。

そのあまりの美貌に晴己は男を見上げたままになってしまう。

「市花さん？」

そんな晴己に、倉田が声をかける。それに晴己は慌てて口を開いた。

「はじめまして、桃井市花です」

笑みを浮かべて名乗る。それに男は驚いたような顔をした。

何か驚かせるようなことをしてしまっただろうか、と少し不安になる晴己に、倉田が笑いながら言った。

「クラウスは、どうしても君が男だとは信じられなかったらしいんですよ。今、声で男だとやっと分かったんでしょう」

それに晴己は驚いた顔の意味が納得できた。

日舞にもいろいろ演目があるが、今夜、晴己が舞ったのは鷺娘だ。

日本では男は女を演じる『女形』はそう珍しくはないが、ここでは違う。こっちに来てから、何度も同じ理由で驚かれていた。

いや日本でも、背は一七〇そこそこあるのだが男にしては骨格そのものが華奢《きゃしゃ》な晴己は、舞台姿だけではよく女性と間違われ、驚かれている。

「夢を壊してしまったのなら、すみません」

苦笑しながら晴己はそう言う。それを倉田はドイツ語で男に伝えた後、晴己に視線を向けた。

「市花さん、確か英語をお話しになれますよね」

「ええ、でも堪能というにはほど遠いですよ」

それは謙遜などではない。分かる単語から大体の内容を推測して勘で理解する、程度でしかなく、意志の疎通がギリギリできる、というレベルだ。

「クラウスは英語が話せます。彼はあなたと話がしたいそうなので、しばらくお願いできますか？　あちらの皆さんは、英語無理で、かなり困っていらっしゃる様子だし」

そう言った倉田の視線の先では、他の師範代たちが客に囲まれて愛想笑いをしながらも目を泳がせていて、多少でも英語が話せる晴己は承諾するよりなく、頷いた。

「クラウスには、桃井が困っている、と話しておきましたから」

倉田はそう言うとウィンクをして、困っている師範代たちのもとへと向かった。

二人になって、最初に口を開いたのはクラウスだった。

「あなたの踊りは、とても素敵でした。幻想的で……」

クラウスの話す英語は、先刻まで相手をしていた客たちのようにドイツ訛《なま》りが強くはなく、聞き取りやすかった。

「ありがとうございます」

晴己はにこりと笑って、そう返す。その晴己を見て、クラウスは困ったように眉を寄せる。

「どうかなさいましたか？」

問うと、クラウスは苦笑しながら返した。

「いえ、本当に男の方だとは思えなくて……」

「このメイクと衣装ですからね。でも、着替えたらきっと信じていただけますよ」

白塗りの顔と着物では性別は曖昧《あいまい》でも、化粧を落とし、着替えてしまえばさほど女性っぽいわけではない。

「もったいないな、この姿のままとどめておけたらいいのに。カメラを持ってくるんだった」

クラウスはそう言うと、少し離れたところにいた客の一人に何か声をかけた。その客が頷くのを見やってから、視線を晴己へと戻す。

「写真を一緒に撮ってもらってもかまいませんか？」

それに晴己は快諾し、晴己はクラウスと一緒に数枚写真を撮った。

写真を撮ってくれた客がまた離れて行くのを見ながら、晴己はどうやって援助してほしいと言い出そうか悩んでいた。

倉田が、わざわざ桃井の窮状を話してくれているということは、彼にはかなり期待してもいいということなのだろう。

いきなり切り出すと呆《あき》れられてしまうかもしれないし、どうすればさりげなく切り出せるか、晴己は考えるが、そのさりげなく、というのが難しいのだ。

——えーっと、まずは世間話から入って……世間話っていうとまずはＥＵの話とか？

「市花、あなたの年齢をお聞きしても？」

世間話の糸口さえ思いつけない晴己に、クラウスがそう聞いた。

とりあえず振ってくれた話に乗ろう、と晴己は口を開く。

「二十歳です」

「二十歳、じゃあ大学生？」

「はい、二年生です。クラウスさんは、お幾つなんですか？」

「何歳に見えますか？」

問われて晴己は首を傾げる。

外国人の年齢は、いまいち分かりづらい。この前も、公演に来てくれた客の中に、とんでもなく色っぽい女性がいて、二十五、六歳なんだろうなぁ、と思っていたら、十五歳だった。逆に、若く見えた紳士が、六十歳を越えていたりもして、日本人の感覚ではまったく分からないのだ。

——三十歳より若くはないよな。うん、姉ちゃんよか年下って感じしないし。

姉の恭子はきっちり三十歳で、その恭子と比べても年上に見えるし、落ち着いた雰囲気を見ても、三十歳以下はあり得ない、と予想した。だが、それは言葉にせず、首を傾げたまま、分からない、とゼスチャーで示す。すると、

「来月の誕生日がくれば二十八です」

そんな答えが返ってきた。

――言わなくてよかった――！

そう、言わなくてよかった。しかし、二十八より上だと思っていたということは、晴己の表情から分かったらしい。

「思ったよりも若くて驚いていらっしゃいますか？」

その言葉に晴己は曖昧な笑みを浮かべた。

「僕の姉よりも落ち着いていらっしゃるから、てっきり同じか、それより年上の方かと思って」

「ああ、お姉さんがいらしたんですね。確か、今回はご病気でいらっしゃれなかったとか」

クラウスはどうやら恭子のことを倉田から聞かされているらしい。

意図して恭子のことを話に出したわけではなかったが、晴己はそこから桃井の窮状へ話を持って行こうと考えた。

「ええ、ドイツへ来るのを一番楽しみにしていたのは姉なんです。こちらでなら桃井を……」

『桃井を救ってくれるスポンサーに出会えるかもしれない』と晴己が続けようとした時、

『お客様、お食事の用意ができましたので、どうぞダイニングへ。そして、今夜素晴らしい踊りを見せて下さった舞踊家の皆様方に拍手を』

クラウスの父が言うのと同時に拍手が沸き起こる。

ドイツ語だったから、晴己はクラウスの父親が何を言ったのか分からなかったが、

「食事の準備が整ったらしい。あなたがたも一緒でいいのかな」

クラウスがそう聞いたので、大体の内容は摑めた。

「いえ、別に用意をして下さってると伺ってます」

そう返したが、晴己はせっかく切り出せそうだったのに、と少ししょんぼりした。

「そうですか……。今夜は、こちらにお泊まりになると聞いてます。食事が終わったら、皆大広間でまたお喋りをしますから、是非いらして下さい。まだ、あなたとお話しがしたい」

クラウスはそう言うと、さりげなく晴己の頬にキスをしてダイニングへと向かう客たちと一緒に部屋を後にした。

晴己は口づけられた頬に手を触れ、しばらくの間呆然としていた。


晴己たちに用意された食事は畏まったものではなかったが、それでもきちんとした物だった。

それを食べ終えてから、宿泊のために用意してくれた二階の客間へと向かう。

部屋は一人に一つずつ準備をしてくれていると聞いていたが、すべての部屋にそれぞれバスルームがついていた。

——さすが、貴族様だよな……。

そんなことを思いながら、晴己は化粧を落とし、そのついでに入浴を済ませると、持ってきた着物を取り出し、それに着替えた。

「さて……と、そろそろ大広間へ行ってもいい時間なのかな…」

パジャマではなく、わざわざ着物に着替えたのは、クラウスと話をしに行くためだ。

食事の後、まだみんな大広間に集まると言っていたし、まだ話したいとも言ってくれていた。社交辞令だとしても、スポンサーになってくれそうなクラウスを逃すわけにはいかなかった。とにかく桃井の窮状を話して、少しでもいいから援助をしてもらいたい。

「頑張れ、俺」

そう言って自分を勇気づけると、晴己は部屋を後にした。

廊下を真っすぐ吹き抜けの玄関ホールまで向かい、大階段を下へ向かおうとすると、ちょうどクラウスが階段を上ってくるところだった。

「クラウスさん」

晴己は笑って手を振りながら、クラウスの名を呼び、階段を下りて行く。それにクラウスは晴己を見ると、驚いた顔で足を止めた。

「市花……？」

「ええ、そうです。今、クラウスさんに会いに行こうと思っていたところなんです」

そう言って、すぐ近くまで階段を下りてきた晴己の顔を、クラウスはじっと見つめる。

「あの、どうかしましたか？」

あまりにもじっと見られて、晴己は自分が何か変なのだろうかと不安になる。だが、それにクラウスは苦笑を浮かべた。

「すみません、メイクを落とされていたので一瞬どなたかと戸惑ってしまって」

そう言われて、晴己は自分が素顔だということをようやく思い出した。

「こちらこそ、すみません。忘れていました、今の自分が素顔だということを。……さっきと随分変わってしまって、がっかりされたのではありませんか？」

白塗りの化粧は、ほぼ顔の原型を止めていない。素顔が予想できなくても当然だ。

しかし、クラウスは優しい眼差しで晴己を見ると、

「素顔もとても可憐な方なんですね。さっきはとても艶《あで》やかでいらっしゃいましたが」

そう言って、そっと晴己をエスコートするために手を差し出す。

晴己は少し戸惑ったが、断るのも失礼だと、自分の手を差し出された手の上に軽く置いた。

それにクラウスは満足そうな笑みを浮かべると、晴己の足元を気遣いながら階段を下りて行く。

「こんな風にされると、まるでお姫様にでもなった気がします」

照れ臭さも手伝ってそう言うと、クラウスは、

「本物のプリンセスでも、こんなに可憐な方はそういらっしゃいませんよ」

優しく笑みながらそう返してきた。

晴己はまだ年若いこともあって、桃井の催し物などがあっても接客は両親や恭子に任せっきりだ。そのため、こういった社交辞令にどう返せばいいのか、慣れていなくて分からない。

ゆえに、適当な言葉を探せないままになってしまったが、クラウスは気にした様子はなかった。

大階段を下りると、クラウスは大広間には向かわずに玄関から外へ出ようとした。

「あの……どこへ？」

疑問に思って聞くと、クラウスは、

「庭へ。さっき窓から見てみたら、とても月が美しかったので」

そう言った。そして、

「それに、あなたを連れて大広間へ行ったら、他の人にあなたを奪われてしまいそうだからね。あなたを独り占めしたくて」

さらりとそう付け足した。だが、この辺りから晴己の怪しい英語能力は限界を迎えつつあった。

踊りに関したことや、述べられた感想に対しての返事などなら、今まで繰り返し同じようなことを聞かれたり答えたりしてきたので、大体予想はできるし、出てくる単語だけで推測できた。

だが、雑談となると話は別だ。

細かな言い回しや、熟語表現、聞き覚えのない単語などがコンボで出てくると途端にパニックを起こし、愛想笑いしかできなくなってしまう。

さっきまでの会話でも、実際に聞き取れていたおおよその内容は『素顔も可愛い』『本物のお姫様みたいだ』『庭へ行く』『大広間には他の客がいっぱい』程度だった。

決して間違ってはいないのだが、この大ざっぱすぎる聞き取り加減が、後で問題になることなど、晴己は思いもしなかった。

クラウスに任せるまま、晴己は庭へと出た。

手入れの行き届いた庭は、月明かりだけでも十分明るかった。

その庭を歩きながら、クラウスは言った。

「本当は、今夜は城へ戻る予定ではなかったんです。明日の朝、一番の便でパリへ行かなくてはならなかったので」

「パリへ？　お仕事ですか？」

「ええ。取引先との交渉もあって、一週間ほどね。だから、空港近くのホテルに泊まる予定だったんですが、パリへ行く時間が少し遅くなって……それで、熱心に倉田から戻れるようなら是非と言われていたこともあって戻って来たんですが、戻って来て本当によかった」

そこまで言ってクラウスは一度言葉を切り、晴己を見た。

「あなたに、会うことができましたからね」

「クラウスさん……」

まるで、口説くようなそんな雰囲気があって、晴己は戸惑う。その晴己にクラウスはふっと笑うと、足を止め空を指さした。

「ほら、満月ですよ」

城の真上、雲一つない夜空では、月が世を統べる王のように輝いていた。

「綺麗……」

そのあまりの美しさにそう呟いて、晴己は月をじっと見つめる。

こんな風に、ゆっくりと空を見上げるのはどれくらいぶりだろう。

家のことで、自分ができることはないにも等しいのに気忙しくて、ゆっくりと空を見る気持ちの余裕など全然なかった。

いや、今だって余裕はない。

日本で恭子はどんな歯痒い思いで待っているだろう。

父親や母親だって、心配しているはずだ。

そう思った途端、急に晴己の目から涙が溢れた。

「市花……」

少し驚いたようなクラウスの声に、晴己は慌てて涙を拭う。

「あんまり綺麗な月なので……」

語尾が震えて、それ以上言葉を紡《つむ》ぐとしゃくり上げてしまいそうで晴己は口を閉ざす。

沈黙が二人の間に横たわるが、クラウスは決して晴己に言葉を求めはしなかった。

それからしばらくの間を置いてから、晴己は覚悟を決めてクラウスを見た。

「僕、あなたにお願いがあるんです」

そこまで言って、一度言葉を切る。

覚悟を決めたはずなのに、お金のことを切り出すのはどうしても躊躇《ちゅうちょ》してしまって、晴己はクラウスから視線を外した。

「実は、桃井は今、資金的にとても困っていて……」

「倉田から、おおよその話は聞いてますよ」

晴己の言葉を遮《さえぎ》るように、クラウスはそう言った。それに晴己が弾かれたようにクラウスを見上げると、クラウスはゆっくりと言葉を続けた。

「市花、あなたの助けになれるのであれば、援助は惜しまないつもりです」

「クラウスさん……」

細かな言い回しは分からなかったが、助けてくれることだけは分かった。それにほっとした途端、足元から力が抜けそうになり、体が揺らいだ。

それを慌ててクラウスが抱きとめる。

「市花……、大丈夫ですか？」

「……ええ、安心したら、力が抜けてしまって」

安堵したがゆえの涙をうっすらと浮かべる晴己に、クラウスは少し苦い顔をした。

「援助は惜しみませんが、条件があるんです」

「条件……」

クラウスの言葉を、晴己は呟くように繰り返す。

援助するための条件、と言われても晴己には見当がつかなかった。

――たとえば、今夜みたいな催し物の時にはただで踊れ、とか？

想像できるのはそれくらいだ。

「どういったことですか？　できる限り、ご希望に添えるようにします」

晴己にとって、クラウスの言葉は溺死寸前に目の前に出された浮輪のようなものだった。それを手が届く寸前で取り上げられるようなことだけはしたくない。

それほど、晴己は切羽詰まっていた。

それに、まだ少ししか話してはいないが、クラウスの紳士的な態度からあまり無茶なことは言わないだろう、とそんな風に思っていたのだ。

その晴己に、クラウスは、

「あなたを手に入れたい」

そう返した。もう少し長い言葉だったが、晴己のは耳に聞きとれたのはそれだけだった。だが、それだけでも晴己を驚かせるには十分な内容だった。

そして、晴己の思考回路を停止させるのにも。

「……あの、意味がよく……」

混乱しきった頭で、晴己はそう言ったが、それが英語だったかどうかさえ分からなかった。

だが、クラウスが解したところをみると、ちゃんと英語だったらしい。

つまり、その程度でしか晴己の頭は機能しなくなっていたのだ。

「そのままの意味ですよ。情人になって欲しい、ということです」

その後、続けられたクラウスのその言葉を、晴己はもうまともには聞いていなかったが、聞き取れた言葉と意味はだいたいそういうものだった。

——情人になれってことは、つまり、エッチしろってことだよな?

自分が男だということはちゃんと言ってあるから、女と間違えているわけではなく、その上でのことだろう。

つまり、そっち系……いや、多分だが両方いけるんだろう。

そんなどうでもいいことを考えてしまうのは、頭が本気でパニックに陥っているからだ。

「……市花？」

呆然としている晴己の様子をうかがうようにクラウスが名を呼ぶ。

それに、晴己ははっとしてクラウスを見た。

真っすぐに自分を見つめているクラウスからは、『君が欲しい』などと言っているにもかかわらず、なぜかぎらついた雰囲気や性的な気配を感じない。

そのせいか、晴己はつい踏み込んだことを聞いてしまった。

「……援助は……どのくらい、していただけるんですか？」

言ってから、まるで、額によっては前向きに検討する、とでもいうようなセリフだと晴己は思ったが、実際、検討せざるを得ない状況ではある。

晴己の問いに、クラウスは少し考えるような顔をした。

「そうですね……今夜すぐに動かせるのはドルでなら五十万ほどですね。銀行が開く時間になれば、あと四、五十万は上乗せできると思いますが」

クラウスのセリフに、晴己の回転のにぶった頭が計算を始める。

——一ドル、今いくらだったっけ？

計算して出て来た金額に、晴己はびっくりしてクラウスを見た。

大ざっぱな計算だが、今夜だけで六千万動かせるというのだ。

六千万。

それだけあれば、当座の局面は乗り切ることができるはずだ。

出された条件と金額は無意識のうちに脳内天秤にかけられ——追い詰められていた晴己は言うまでもなく、金額に傾き、

「……僕なんかで、よければ…」

そう答えていた。

「市花、本当にいいんですか？」

クラウスが驚いた様子でそう聞き返す。それに晴己はただ頷いて、

——女じゃないんだから……そう深刻に考えなくていい。

心の中で自分にそう言い聞かせた。

クラウスの手が、まるで晴己の気持ちを試すように顔へ伸びてくる。優しく顎を捉えた手が晴己を上向かせ、それにおとなしく従うと、ゆっくりとクラウスの顔が近づいてきた。

間近で見ても綺麗な人だな、とそんなことを思う晴己の唇に、優しく唇が重ねられる。

不思議と、嫌悪感はなかった。

触れただけで唇は離れ、じっと見ている晴己にクラウスはどこか困惑しているような表情を見せながら聞いた。

「部屋へ行きませんか？」

——ああ、部屋でエッチってことか……。

即座にそう思った晴己は、考えることなく頷く。

考えれば、きっと躊躇して、逃げ出してしまうと思ったからだ。

「ゆっくり話しましょう」

クラウスはさりげなく晴己の腰に手を回し、今来た道を玄関へと戻る。クラウスの私室は二階の、客間とは逆にある棟にあった。

アンティークと呼ぶのになんのためらいもない調度類が重厚な雰囲気を作り上げているのに、なぜか息が詰まるような重々しい雰囲気はない。

どちらかといえば親しみやすく、くつろげる雰囲気の部屋だった。

だが、晴己は今にも口から心臓が飛び出してしまいそうだった。

「ソファーに掛けて下さい」

クラウスはそう言うと、ガラス扉のついたキャビネットへと向かった。その背中を見ながら、晴己は考えていた。

クラウスは明日の朝、パリへ行くという。

一週間ほど帰って来ないと言っていた。その一週間の間に晴己は日本へ帰る。

つまり、今夜だけ、だ。

――一晩で六千万だ、めちゃくちゃいい話じゃないか……。

そう考えでもしなければ、緊張で頭がおかしくなりそうだった。

晴己は、怖じけづいてしまう前に、着ていた羽織の紐を解き、脱いでソファーの背にかけた。

そして、帯に手をかけようかどうか迷っていた時、キャビネットからブランデーのボトルとグラスを取り出したクラウスが振り返り、羽織を脱いだ晴己を見て困惑したような顔をした。

「市花……」

「お好きなように、なさって下さい」

そう言った自分の声は、どこか遠く聞こえた。

晴己のその言葉に、クラウスはボトルとグラスを手にしたままゆっくりと近づくと、手にしたものをソファーセットのテーブルの上に置く。

それから、真っすぐに晴己を見つめた。

「本当にいいんですか？」

言葉は優しくても、援助をしてやる代わりに体を差し出せ、という内容のことを言ったのはクラウスのはずなのに、確認をするように問う彼はどこか困惑した様子だった。

そして、そんなことを言った相手なのに、晴己はクラウスに対して、やはり嫌悪感を抱くことはなかった。

おそらく、クラウスの現実離れして見えるくらいに整った顔立ちのせいなのだろうと思う。

そんなクラウスを目にしているからか、

「……僕には、こんなことくらいしかできませんから…」

晴己は自分の言ったその言葉さえ、どこか現実感を伴わないような気がしていた。

だが、晴己の最後の決断とでも言うべきその言葉を聞いたクラウスは、今までの紳士的な態度からは考えられないほどの強い力で晴己を抱きしめた。

そして、そのまま奪うように口づける。触れるだけだったさっきとは違い、戸惑う暇もないうちにクラウスの舌が口腔へと忍び込み、柔らかな粘膜を舐めた。

その感触に、晴己の体が震える。

キスは初めてではなかった。

今現在、恋人はいないが、今までにはそれなりに交際したことはある。

しかし、自分が受け身になるキスは初めてで——晴己はどうしていいか分からないまま、巧みなクラウスの口づけに翻弄《ほんろう》された。

舌を深く絡められて、背筋を甘いものが駆け上がり、それと同時に足元から力が抜けていく。

崩れそうになる膝に意識を向けたその時、背を抱いていたクラウスの手が、帯へと伸びた。

簡単に結んだだけの帯はすぐに外されて、緩められるとそのまま足元へと落ちた。

帯が解けてしまえば、肩を滑らせるだけで着物も床へと落ちていく。

そして、クラウスの手が襦袢《じゅばん》の上から胸へと触れた。

襦袢の薄い絹はまったく隔てにはならず、クラウスの体温をまるで直《じか》に感じている気がする。

いや、体温だけではなく、手の感触も、だ。

そう思った次の瞬間、クラウスの指先が探り当てたささやかな胸の尖りを押し潰すようにしながら蠢《うごめ》いた。

「……っ…や…、あ……」

驚きと羞恥で顔を背けた勢いで唇が離れ、晴己の口からは自分のものとは思えないような甘い声が漏れた。

「市花……」

耳元でことさら甘く吐息だけで囁かれ、それだけで晴己は腰から崩れ落ちそうになる。

しかし、クラウスの手がしっかりと晴己を支え、床に膝をつくようなことにはならなかった。

「ベッドへ……」

膝をガクガクさせている晴己に再びクラウスはそう囁くと、少し屈んで晴己の脇と膝の下に腕を差し込み、抱き上げた。

「あ……っ…」

男にしてはかなり細身な晴己だが、子供を抱き上げるのとはわけが違うと思う。それなのに、クラウスは驚くほど軽々と晴己を抱き上げてベッドへと運んだ。

そして晴己の体を静かにベッドの上へと降ろすと、晴己の顔を上から真っすぐに見下ろした。

「……今なら、まだ引き返せます。本当にいいんですか?」

晴己は見つめてくる青い瞳をじっと見つめ、小さく頷くと自分で襦袢の腰紐を解き、前の合わせをはだける。

そうやって自分から肌を晒《さら》し、もう引き返すことはできない、と覚悟をして目を閉じた。

「…市花……」

激情を押し殺すような声で名を呼んだクラウスが、晴己に多い被さるようにして口づける。それと同時に指先が直に肌へと触れ、さっきいたずらをしかけていた胸へと伸びた。

「ん……っ…」

今まで、あることさえ意識しなかったのに、指先で摘《つ》まむようにされた途端、淫らな感覚が腰まで響いた。

クラウスは乳首への愛撫を続けたまま、唇をゆっくりと顎から首筋、鎖骨へと走らせ、そしてもう片方の乳首へとやると、ささやかに尖るそれに甘く吸い付いた。

「あ……っ…」

体を走る刺激に晴己の唇から甘い声が上がる。

その声に煽られたかのように、クラウスは執拗に思えるほど乳首を舐めしゃぶり、そして指先でもてあそんだ。

「や…ぁ……、あ、ああ……っ」

絶え間無く襲ってくる悦楽に、声が引っ切りなしに漏れる。

それと同時に下肢では自身が熱を持ち始めていて、それがクラウスの体に当たっているのが分かる。

そういうことをしているのだから、反応してしまっても仕方がないのだと頭では分かっていても、恥ずかしくて仕方がなかった。

だが、その羞恥がさらに晴己の体を敏感にさせ、クラウスのもう片方の手がそっと脇腹を撫でるだけでも淫靡な感覚が沸き起こって、さらに声が上がりそうになる。

それを押さえようと、晴己は手で口を覆った。

「んっ……、ぅ……っ…う」

不意に不明瞭になった晴己の声に、クラウスはゆっくりと顔を上げ晴己を見た。

「市花……、嫌ですか？」

そう問うクラウスの声は優しかったが、表情は不安気だった。

晴己は眉を少し寄せ、小さく頭を横に振る。

「声…、恥ずかしくて」

それは間違いなく本心だったが、すべてではなかった。

援助をしてもらうためには仕方がないのだと自分に言い聞かせたが、実際に触れられて沸き起こる感覚のあまりの生々しさに怯え、逃げ出したいと思う自分がいる。

だが、逃げることだけはできなかった。

逃げれば、援助はしてもらえなくなる。

だから、晴己は心の中に巣くう怯《おび》えを必死で押し殺した。

そんな晴己の様子に、クラウスは少し考えるような顔をしてから、体を起こす。

「クラウスさん……？」

何をするつもりなのか分からずにいると、クラウスは小さく頭を横に振った。

「怖いんでしょう？　無理をしてはいけません」

そのまま離れようとするクラウスの腕を晴己は慌てて摑んだ。

「待って……っ」

「市花……」

戸惑うクラウスに晴己は起き上がり、そして抱きついた。

「確かに、怖いという気持ちはあります。こういうことに、慣れていないから、余計……。でも……大丈夫ですから」

クラウスが嫌なわけじゃない、とせいいっぱい伝える。

そう、少なくともクラウスだから嫌だというわけじゃない。

これから自分がしようとしていることへの——好きだというわけでもない相手に身を任せることへの純粋な禁忌を感じてはいたが。

そんな晴己の反応に、クラウスは小さく息を吐いた。

「市花、もう今が最後ですよ……。この先は、あなたがどれほど嫌がっても、きっと止めてはあげられなくなる」

その声に晴己は頷いて、抱きつく手の力を強めた。

「大丈夫…です。嫌なわけじゃありませんから……」

大丈夫、嫌じゃない、と何度も晴己は心の中で繰り返す。

クラウスはゆっくりと晴己の体を横たえると、静かに晴己の顔を見下ろした。

「できるだけ、あなたを怖がらせないようにしますから……。少しだけ、我慢してください」

優しいクラウスの声に、晴己の胸が小さな痛みを覚える。

金を出す代わりに抱かれろと、そういう条件を持ち出したのはクラウスだ。それなのに、こんな風に優しくされると晴己は戸惑いを覚える。

そんな戸惑いなど感じる間もないくらい、強引にしてくれたほうが楽だった。

だが、晴己がそう思った次の瞬間、クラウスは晴己の足を片方摑むと、大きく開かせた。

「っ……」

恥ずかしい部分をあからさまに晒すことになって、羞恥に晴己の喉が鳴る。だが、クラウスはそれを半ば無視した。

そしてクラウスは顔を下肢へと近づけ、まだ反応を見せていない晴己自身を軽く手で捉えると、おもむろに口に含んだ。

「……や……、待って…、あ、あっ」

それまでのクラウスからは考えられない性急にさえ思える行動に、晴己は慌てる。しかし、クラウスは晴己の言葉を聞き入れる様子はなかった。

それどころか、口腔の晴己自身に舌を絡め、淫らに舐めしゃぶった。

「あぁっ……あ、あ、あ……っ」

性経験が決して豊富ではない、むしろ乏しい晴己にとって、口での愛撫など初めてのことだ。

初めての愛撫はとてつもなく甘く、晴己自身はあっと言う間にクラウスの口の中で熱を孕《はら》む。

「ん……っ…ぁ、あ、あ」

敏感な先端を強めに吸い上げながら根元の果実を淫らに揉みこまれ、あまりの悦楽に晴己は逃げようとでもするかのように腰を揺らめかせた。

それを許さないかのようにクラウスはもう片方の手で晴己の腰をしっかりと摑むと、先端のすぐ下の括《くび》れの部分に甘く歯を立て、それと同時に果実をもてあそんでいた手を幹へと移して上下に擦り立てる。

「や……っ…あ、ダメ……離れ……っ…もう、出る……っ」

強すぎる悦楽に、晴己の体が急速に上り詰めようとした。

このままではクラウスの口に出してしまう。それだけはどうしてもできなくて、クラウスに離れてもらおうとその髪を摑んだが、クラウスは扱く手の動きをさらに強め、尖らせた下先で先端の穴を暴くように舐め上げた。

「ひ……っ…あ、あ、あああぁあっ」

駆け抜けた悦楽に晴己は堪え切れず、クラウスの口の中へ蜜を放った。

「ぁ…あ、あ、あ…、あっ」

放ったそれを嚥下《えんか》する口腔の動きさえ敏感に感じ取った晴己は、体を小さく震わせ脱力する。

それにクラウスはようやく下肢から顔を上げると、晴己を見た。

不慣れな悦楽に羞恥と戸惑いが、まだ幼さの残る顔を彩る。その様子は庇護欲を誘うのと同時に、征服欲も刺激した。

クラウスは達したばかりの晴己自身を手に包むと、そのまま残滓《ざんし》を絞り取るように扱く。

「や……っ…ぁ」

敏感なままの自身を嬲《なぶ》られるのは辛くて晴己の眉が寄る。クラウスは零《こぼ》れ落ちた残滓を絡めた指を、そのまま後ろへと伸ばした。そして、行き着いた先に晴己は息を呑む。

「……っ…クラウス…さん……」

「大丈夫、酷《ひど》くはしない」

クラウスはそう言うと、窄《すぼ》まった蕾《つぼみ》の表面を優しく撫でた。

無理に入り込もうとはしない指に、安堵を覚えた晴己が緊張を解いた瞬間、クラウスの指がゆっくりと中へと忍び込む。

「力を抜いて……」

侵入を拒むようにきつく窄まる内壁に、クラウスはもう片方の手を晴己自身へと伸ばして緩やかな愛撫を施した。

与えられる愛撫は、ささやかなものでしかないのに、先に与えられた悦楽で蕩けかけた体は簡単に熱を呼び戻してしまう。そして、呼び戻された熱に再び緊張が解けるとクラウスは前への愛撫を続けたまま、指を根元まで慎重に埋め込んだ。

「……ふ…っ…く……」

痛みはあまりないものの、体の中に異物が入り込む感覚に晴己の眉が寄る。

それにクラウスは、中に入れた指はそのまま、晴己の隣に添い寝をするように横たわった。

「痛くはないでしょう？　少しだけ、我慢してください」

甘い声で囁きながら、クラウスは晴己の頬や鼻に労わるような口づけを降らせる。その口づけの優しさに、体の中に感じている違和感が少しずつごまかされた。

やがて、きつく締め付けていた内壁が柔らかく指を受け入れられるようになると、クラウスは

ゆっくりと指を動かし始めた。

内蔵を触れられる感触は独特のもので、痛みこそないもののどうしても晴己の眉が寄る。

だが、探るように動いていたクラウスの指が中のある場所に触れた時、

「あ……」

戸惑いと甘さの交じった声が晴己の唇から漏れた。

「ここ、ですね」

晴己の零した声にクラウスの指が確認をするように同じ場所を触れる。

さっきは何が起こったのか分からなかったが、改めて触れられて沸き起こったのが快感であることに初めて晴己は気づいた。

「何で……やだ、待っ……」

信じられない場所から沸き起こる快感に、晴己は自分の体が怖くなり、下肢へと伸びているクラウスの腕を摑んだ。それにクラウスは薄く笑む。

「市花、大丈夫……。ここでちゃんと気持ちよくなれるようにできてるんですよ。……そうじゃなければ、つらいだけになるでしょう?」

かみ砕くように説明されても、晴己はにわかには己の体に起きている変化を受け入れられなかった。だが、それでも執拗に感じる場所を嬲られて、悦楽に理性は食い破られた。

「あぁっ、あ、あ……」

緩やかな愛撫を重ね、蕾が十分柔らかくなるとクラウスは指を二本に増やして、さらに濃やか

な愛撫で晴己の中を蕩けさせていく。すでに後ろだけしか触れられてはいないのに、再び勃ち上がった晴己自身からは白濁交じりの蜜がトロトロと溢れて幹を伝い落ちていた。

「もう……、あ、あっ」

与えられる悦楽は晴己の許容量を越えようとしていた。

それなのに、達してしまいそうになるとクラウスは指をわざと弱い場所から離してしまうのだ。体にこもった熱をなんとかしたくて、晴己は無意識のうちに自分から腰を揺らすが、それさえクラウスは巧みにかわす。

「そこ……もう…いや……っ」

甘えるような声で、達かせてもらえないなら、せめて後ろをいじるのをやめてほしいと言外に伝えようとした。だが、それさえクラウスは許してはくれなかった。

「まだ駄目ですよ。もっと慣らさないと、明日、踊れなくなりますから」

労ってくれているはずなのに、声音はどこか楽しんでいるような気配がある。

そしてクラウスは指を三本に増やし、散々晴己の中をどろどろになるほどかき乱した。

「お願い……もう……っ…や、ぁ、あ、あ……」

幾度目かの哀願を晴己が口にした時、クラウスはようやく晴己の中から指を引き抜く。その抜け出て行く指の感触にさえ晴己は体を震わせ、自身から濃い蜜を零した。

「ぁ……」

自分の唇から漏れた物欲しげな声に晴己は羞恥に顔を歪める。

その晴己の頬にクラウスは優しく口づけると体を起こし、何かに気づいたように苦笑した。

「あなたがあまりに可愛らしいから、それに夢中になって服を脱ぐのを忘れていましたよ」

クラウスの言葉に、晴己は悦楽にぼんやりとした目を向ける。

クラウスは薄笑みを浮かべて晴己を見つめながら、優雅にさえ見える動きで服を脱いだ。着痩せをするのか、クラウスの体はきちんと鍛えられた大人の男の体だった。つい、視線を向けたままになってしまったが、クラウスの手がズボンにかかった時、慌てて視線を逸《そ》らした。

それにクラウスがくすりと笑うような気配があったが、晴己は目をつぶってただじっと待つ。

やがて、バサリと床の上に服が落とされるような音が聞こえ、クラウスの手が、晴己の足を大きく開けさせた。

「……っ…」

取らされた態勢に晴己は息を呑む。

咥えるものを欲しがるようにしてひくついている晴己の蕾へ、クラウスは猛った自身を押し当てると、ゆっくりとその中へと突き入れていった。

「あ……っ、…ぁ…あ、あっ」

圧倒的な熱と質量に晴己の唇から声が上がるが、散々蕩けさせられた体はどこにも力が入らず、ただクラウスの思うままに受け入れていく。

そして、入り込んでくるクラウスが、散々指で嬲られた弱い場所を擦った瞬間、晴己は大きく腰を波打たせた。

「ふ…っ…あ、あ……っ」

それと同時に内壁が絡みつくようにクラウスを締めつけて、それにクラウスは苦笑した。

「そんなに気持ちがいいですか、ココが……」

揶揄《やゆ》するような響きの声で囁きながら、クラウスはその場所を先端の括れに引っかけるようにして擦り上げる。

「や……っ…あ、あ、ああっ」

『慣らす』という名目で散々焦らされてきた晴己にとって、その愛撫は酷すぎた。襲いかかってくる濃い悦楽に耐えられず、晴己はあっと言う間に二度目の絶頂に駆け上る。

「あ…ぁ、あ、だめ……や、待って、や、あ、あ、ああっ」

だが、蜜を放つ最中でさえクラウスの動きは止まず、絶頂を迎えたままの体がさらなる悦楽に悶えて揺れる。

「気持ちがいい？」

「いい……、あ、あ、あ……っ、い……」

唆《そそのか》されるまま、言葉を口にしながら晴己はクラウスに縋りついた。

そうでもしなければ、どうにかなってしまいそうなほど晴己の体は狂おしいほどの悦楽にもてあそばれていた。

「市花……」

甘く囁く声とともに、クラウスは一気に体の奥深くまでを貫く。

指の届くことのなかった最奥が初めて開かれる感触に晴己の体が大きく跳ねた。

「や…う、あ、あ……っ」

「そんなに締めつけないで下さい……動けなくなるでしょう？」

笑みを含んだ声で言いながら、クラウスは絡み付く内壁をかき混ぜるような動きで腰を回す。

「ひぁ…っ…あ、あ、あ」

あまりの悦楽に晴己は悲鳴じみた声を上げながら、縋りつく腕の力を強くした。

「市花……」

「あぁっ、あ、だめ、もう……あ、あっ」

絶頂に近い状態が続き、晴己自身はビクビクと震えて蜜を細く垂れ流し続ける。クラウスを受け入れている肉襞も痙攣しながら、それでもまだなお悦楽を貪ろうとでもするかのようにクラウスの蹂躙に喜んで絡み付いた。その中を、クラウスは大きな動きで穿《うが》ち始める。

「あ…ぁ、あ、あぁあぁあっ」

駆け抜ける絶頂感が断続的に訪れて、晴己の体が不規則に震えた。唇から漏れる声も、もはや音にはなってはいない。

晴己の限界を感じ取ったクラウスは、晴己の腰を抱え直すと自身をギリギリまで引き抜き、そして一気に奥までを抉るようにして貫き、そこで熱を放った。

「———っ……ぁ、あ……」

体の奥に浴びせかけられる飛沫の感触に、晴己の唇がわななくように震え、そして、ふっ……

っと細い糸が切れるように、晴己の意識が途切れ、体から力が抜ける。

「……市花…」

意識を失っても貪欲に蠢く肉襞の感触を味わいながら、クラウスは愛しげに晴己の名を囁いた。

◇◆◇

——というのが、六年前にあった、そしてできれば忘れたいし忘れてほしいクラウスとの間の出来事だった。

あの翌朝に目が覚めた時には、クラウスの姿は部屋にはなかった。

その代わりに置き手紙があり、仕事で先に出て行くことの非礼の詫びと、特に意味のない「愛を込めて」というようなことが書かれていた。

クラウスが寝ている間にいなくなっていたことと、多少の体のだるさはあるものの動けることに安堵を覚えつつ、晴己は平静を装ってリーフェンシュタール城を他の名取たちと後にした。

晴己が思った通り、ドイツにいる間、クラウスが晴己に会いに来ることはなかった。

だからといってクラウスが晴己との約束を反故《ほご》にしたわけではなく、あの翌日にはすでに桃井の口座——一応、すべての客に友の会の入会案内と一緒にスポンサー募集の案内も渡しているので、それに書いてあるのを見たのだろう——にとりあえず六千万円が振り込まれていた。

その後、追加で四千万が振り込まれ、クラウスからの援助は総額で一億になっていた。

日本に帰った晴己を、退院してきていた恭子は『偉い！』と手放しで褒めてくれたが、晴己は素直に誇ることも喜ぶこともできなかった。

しょせん、色仕掛けで、純粋に踊りだけで得たスポンサーではない。

だからといって、それを恭子に告げることはしなかった。

ただ、とても熱心なファンになってくれて、いい人で、とだけ伝えたのだ。

もちろん、恭子はそれだけじゃないでしょう、とでもいう様子でクラウスについてや、ドイツでの出来事について聞いてきたが、晴己は決して口を割らなかった。

そして、そのクラウスからは事務局へ『市花』宛てに手紙が何通も来た。

向こうではどこでも『市花』としか名乗っていないし、使った独語訳のパンフレットにも『桃井市花』としか載せてはいなかったからだろう。

援助してもらった恩は感じているが、できる限り穏やかにフェードアウトしたい晴己は、最初の頃だけ三通に一通は返事を書き、徐々に五通に一通、というように減らした。その文面には『とにかく忙しい』とさりげなく書き、返信が途絶えがちになるのはわざとじゃないのだと匂わせた。

頻繁だったクラウスからの手紙は、二年がすぎた当たりから、あまりこなくなった。それでも、友の会には入会を続けてくれていることを考えると、穏便にフェードアウト作戦に効果があったらしい。それに晴己はほっとした。

就職を機に三浦姓を名乗るようになり、二年前には『市花』から『花鶯』へと名前も変わり、会社の手前舞台に立つ回数も減ったこともあり、ますます晴己は安心していた。

それなのに、クラウスが日本に来て、中途半端に市花のことを思い出したりしないだろうかと、戦々恐々としているのだ。

そんな晴己の心などまったく知らず、恭子はクラウスを公演に招待し——晴己が来ることを阻止するために、秘書の権限で接待のスケジュールを組んで来られないようにしたにも拘わらず、

——なんでいるんだよ……っ！

舞台の上、群舞に入って舞いながらも、晴己は客席にいたクラウスを見つけて動揺していた。

——この時間は接待で大野産業の社長と会ってるはずじゃないのかよ！

名前も変わったし、群舞の一人だし、みんな同じような化粧なんだから見つかるはずがない、と思っても落ち着かず、集中力が切れそうになった瞬間、晴己は舞台袖から恐ろしい気を感じた。

そこには恭子が仁王立ちで『舞台の上で余計なこと考えてんじゃないわよ！』とオーラを放って晴己を睨んでいた。

バレているかどうか定かでないクラウスよりも、確実に雷が落ちる恭子の方が晴己には脅威だ。

晴己は慌てて意識を切り替え、踊りに集中した。


公演後、普段は来てくれた客や知り合いたちへの挨拶回りをせねばならないのだが、晴己はそれを『体調が悪いので早く帰りたい』とウソをついた。

いつもなら決して許してはくれない恭子だが、舞台の上で集中力を切らしたことなどない晴己が、今回途中で崩れたのは体調が悪いからだと思ってくれたらしく、あっさり許してくれたのだ。

それで、挨拶回りをせずに、早々にマンションへ引き上げてきたのだが、晴己の頭の中は、クラウスにバレなかったかどうか、という心配でいっぱいだった。

——大丈夫、市花の情報は極端に制限してたし、花鶯にしても市花との関係には触れてないし。

三年前、桃井のホームページを立ち上げた時、晴己は市花のプロフィール欄は写真も中身もすべて準備中のままで放置するように頼んだ。

会社にバレたらマズいから、という理由を全面的に押し出し、納得してもらったのだ。

『花鶯』になってから、プロフィール欄に舞台写真と略歴を載せたが、そこにも恭子の弟だとか、襲名前は市花だったとかいうことは書かなかった。もともと、どの名取も本名を載せない方向だったこともあり、ホームページからは晴己と花鶯を結び付ける情報は一切ない。

もちろん、調べようと思えばいくらでも調べられるものだろうと思うが、もし市花と花鶯と晴己の関係を知っていたら、クラウスはすでに何か言ってきているはずだ。

それが何もない、ということは、知らないのか、知っているが敢えて聞くほど興味はない、かのどちらかだろうと思う。

どちらにせよ、晴己にはどうすることもできない話だ。

——バレたらバレたで覚悟を決めよう……。

晴己は自分にそう言い聞かせた。

3

翌日、朝から社外に出ていたクラウスとゲオルクが戻って来たのは午後になってからだった。

二人は真っすぐに社長室へ向かい、ほどなく秘書室へ戻って来たゲオルクは晴己に声をかけた。

『ミスター三浦、社長がお呼びです。すぐ社長室へ』

『社長が？　何の御用でしょうか？』

少し怪訝《けげん》そうな顔で問い直した晴己にゲオルクは表情を変えず、

『私は何も伺っていません、君を呼ぶよう言われただけです』

そう言うと、自分の席へと向かう。

社長室に呼び出されることは特別珍しいことではない。

だが、この前のように指示されていたものについての書類を渡すためであることがほとんどだ。

そしてその指示はたいていゲオルクを通して行われる。

しかし今は何も依頼されているものはなかった。

呼び出された理由が分からないのが――昨日の今日だから余計に――不安だが、社外で何かあったのかも知れないと、晴己は社長室へと向かった。

「失礼します」

ノックをして、そう声をかけてからドアを開けると、クラウスはいつもの机ではなく、ソファーに腰を下ろしコーヒーを飲んでいるところだった。

「お呼びと伺いましたが、何か御用でしょうか」

晴己は部屋に入ったものの、クラウスのそばには行かず、ドア近くで立ったまま問う。指示を仰ぐだけならそれで事足りるからだ。

だが、クラウスは晴己を見ると、

「とりあえずここへ来て、座ってもらえるかな」

そう言って呼び寄せた。

わざわざ座るように言われたということは、何か込み入ったことなのだろうかと思いつつ、晴己はソファーへと歩み寄り、クラウスの前に腰を下ろした。

そして、改めて何の用なのかと問おうとした晴己より早く、クラウスが口を開いた。

「体調が優れないと聞いたが、大丈夫なのか？」

その言葉に、晴己は何のことなのか分からず、少し眉を寄せる。

「体調……ですか？」

別に朝から体調が悪いなどという話は誰ともしていない。誰かと勘違いされているんじゃないだろうかと思った瞬間、

「昨日、舞台の後の挨拶に出て来なかっただろう？　苑弥《えんや》さんから体調を崩して出番の後に帰ったと聞いてね」

クラウスが、さらっと爆弾を落とした。

苑弥というのは、恭子の舞台での名前だ。

いや、そんなことはどうでもいい。

昨日の舞台の『花鷺』を晴己だと気づいていた。ということはつまり……。

「気づいてないとでも思ってたのか？　市花」

口を開けないほど動揺している晴己に、クラウスはにっこりと笑ってそう言った。

それに晴己は動揺を押し隠すように、眼鏡のツルを指先でそっと押し上げると、覚悟を決めた。

「もう、随分昔のことですから、きっとお忘れになっていらっしゃるのだろうと思っていました」

そう言って、表面上の如才ない笑みを浮かべた。

「確かに、昨日のことのようだ、と言えるほど最近のことではないが、忘れるほど遠い昔というわけではない。現に、君は覚えていたんだろう、私を」

クラウスの口調は、決して責めるでも、追い詰めるでもないもので、むしろ会話を楽しんでいるような余裕が感じられる。

それに対抗するように、晴己も笑みを浮かべたままで返した。

「ええ、受けた御恩を忘れるほど、薄情ではないつもりです。こうして、桃井が流派として今も活動を続けられるのは、あなたの援助のおかげですから」

決して核心には触れない微妙なやり取りは、まるで狐と狸の化かし合いのようでもある。

「それは嬉しいね。私はてっきり、覚えていながらとぼけようとしているのかと思っていたよ。こうして顔を合わせても、まったく知らない振りだからね」

だが、クラウスが話を少し核心へと近づけ、晴己は表情が強ばりそうになるのを必死で堪える。

「我が社の内規では、兼業は禁じられていますから、わざわざ私の口から申し上げることもないかと思って黙っておりました。もっとも、実家から金品は一切受け取っておりませんが」

晴己の言葉に、クラウスはなるほどね、と呟きながら足を組み替える。

「安心してくれて構わない。芸術家としての活動を禁じるつもりはないからね」

「どうもありがとうございます」

そう返しながらも、晴己は薄氷を踏む思いでいっぱいだった。

とにかく目の前に広がっているのは地雷源だ。

不用意な言葉の何で地雷が爆発するか分かったものじゃない。

どうやって地雷源を抜けようか、必死になる。

しかし、地雷源からはそう簡単に抜けられそうにはなかった。

「昨日は久しぶりに君の舞うところを見られて嬉しかったよ。君からはほとんど何の連絡ももらえなかったから、もしかしたらやめてしまったのかと思っていたしね」

どこまでも地雷源は続く。晴己は心の金属探知機を最高出力にして地雷を踏まぬよう、細心の注意を払いながら返した。

「申し訳有りません、何かと忙しくしている間に手紙を出しそびれてしまいまして。あまりに間が空きすぎて、今さらと思われるのではないかと思うと、余計に……。何かご報告できるようなことでもあれば、それを理由にして出せたのですが、就職してからは舞台に立つことも減りましたし……。花鶯を襲名した時にお出しすれば良かったのですが、襲名の前後は忙殺されていたものですから」

連絡をしなかった非礼を詫びつつ、わざとではない、と晴己は匂わせる。

もちろん、クラウスがそれを丸ごと信じるわけがないと分かってはいたが、下手に出れば深く追及はしてこないだろうと考えてのことだ。

晴己の言葉に、クラウスは片方の唇を持ち上げる。

「別に、責めているわけじゃない。忙しいのはお互い様のようだ。私も、途中で手紙を出すことができなくなってしまったからな……」

クラウスはそこまで言った後、ことさら穏やかな声で言った。

「まぁ、こうして日本に来たんだ、これからは今までの分も君といる時間を取りたいと思っているけれどね」

それに晴己は目を見開いた。

マズい。

地雷を必死で避けているのに、気がつけば避けることができないほどの地雷の密集地域に立ってしまっているらしい。

「私と……ですか」

必死で動揺を押し隠すようにしながら、晴己は問う。

それにクラウスはにこりと笑み、

「一晩で一億、というのは多少暴利だとは思わないか？」

晴己の代わりに、地雷を爆破させた。

いや、晴己とて正体がバレた時点で逃げ切れるなどと思ってはいなかった。

逃げられればいいなー、と希望してはいたが。

晴己は軽く目を閉じた後、真っすぐにクラウスを見つめると、落ち着いた声で言った。

「確かに、一晩で一億、というのは暴利でしょうね。意図したわけではありませんが。……それで、どうしろと？」

心臓はいつもの倍の早さで鼓動を刻み、クラウスを見ている目は視野狭窄を起こしたかのように、遠近感が狂っている。

だが、それを悟られないように必死で仮面を被って、晴己は言った。

「物分かりがよくて助かる。そうだな、この週末に私と一緒にでかけてもらおうか。つまり、デートに誘いたい、という意味だが」

返って来たクラウスの言葉に晴己は、分かりました、とあっさり承諾したが、その内心で、

――週末に、入れられるスケジュール何か探して入れてやる……。

と姑息なことをたくらんでいた。

しかし、

「ゲオルクに、週末は空けるように言ってあるから、今回のように画策しても無駄だとだけ言っておこうか」

食えない笑みを浮かべ、クラウスは言う。

「今回？　昨日の件でしたら、先方からどうしてもと以前から言われておりましたので仕方なく、ですよ？」

釘をさされても、晴己はそう言ってさらりとかわす。

だが、この化かし合いは晴己もそれなりに善戦したが、どう見てもクラウスの勝ちだ。

「用件がそれだけなら、下がらせていただいてかまわないでしょうか？」

これ以上ここにいたら、さらに恐ろしい注文をされるかもしれない。晴己は早々にクラウスの前から逃げることにした。

「かまわないよ。私の用は君とデートの約束を取り付けることだけだったからね。ああ、そうだ、ゲオルクに部屋に来るよう言ってくれ」

「かしこまりました」

晴己はそう言ってソファーから立ち上がると、社長室を後にする。

ドアを閉め、クラウスとの間が隔てられると今まで我慢していたため息が盛大に零れた。

「はぁ……」

最初から晴己が市花だと分かっていて、黙っていた。

気づかれていないと思っていた自分の愚かしさを思うと、滑稽で仕方がない。

――一億も出させといて適当にはぐらかして逃げ切れるなんて思う方が間違ってたんだ……。

だから、仕方がない。

そう自分に言い聞かせ、晴己は秘書室へ戻る。だが、その途中、ブースにいるはずのゲオルクがいなかった。

許可のない人間が直接社長室へ行くのを防ぐため、社長室の前の廊下には扉が設けられている。その扉の内側にあるのが秘書ブースで、そこには常に秘書課の人間が交替でいて、社長室へ向かおうとする人間を確認するのだ。

なのに、誰もいない。

何かあったのだろうかと思いながら、階下にある秘書室に戻ると、そこではゲオルクがどこから持ってきた工具類を取り出してコピー機をいじっていた。

「何かあったんですか？」

様子を見守っている友永に問うと、コピー機が突然動かなくなった、と言った。間の悪いことに友永の操作中だったらしい。ゲオルクにバレないようにメンテナンス会社に連絡をしたが、忙しいらしく早くても明後日になると言われ、どうしようかと思っていたらゲオルクに気づかれ、おもむろに工具を取ってきて分解を始めたらしい。

「大丈夫なのか？　あんなにバラして……」

機械物に弱く、パソコンの配線をまともにできなかった晴己は見ているだけで不安になる。

「迷いなく分解してるみたいなんで、大丈夫だとは思うんですけど……」

その言葉通り、ゲオルクの手の動きにはまったく迷いがない。中の配線をいじって、ゲオルクはコンセントを入れて動作を確認する。

うんともすんとも言わなかったらしいコピー機は、まるで何事もなかったように動き始めた。

それを見てから、ゲオルクは再びコンセントを外し、バラした部分を元に戻した。

『これで大丈夫だと思いますよ。念のため明後日のメンテナンスでもう一度見てもらいますが』

元通りに組み上がると、自然発生的に拍手が沸き起こる。

だがそれにゲオルクは表情を変えず、工具類を直すとようやく晴己に気づいた。

『もう、社長の用は終わったんですか？』

『はい。社長が今度はあなたをお呼びです。……機械、得意なんですか？」

言伝てついでにそう問うと、ゲオルクは無表情のままで言った。

『好きなだけですよ。どんな機械でも基本的な部分にはあまり変わりがありませんから。すみませんが、これを備品室へ戻しておいてください』

工具箱を渡すとゲオルクは社長室へと向かう。

しかし、その足を不意に止め、ゲオルクは晴己を振り返った。

『踊り、以前よりうまくなられましたね』

「え？」

思わず眉を寄せた晴己に、口元だけで笑うと、ゲオルクは部屋を後にする。

——以前よりって、昨日、あいつも来てた？　っていうか以前って……以前!?

二連続で爆発した地雷に、晴己はしばらくの間、立ち直れないでいた。

◇◆◇

その日の夜、いつものように晴己は実家に帰った。

今日は自分が受け持つ教室がある日ではないのだが、三カ月後に開かれる桃井の名取たちの公演に出ることになっている晴己は、自身の稽古のために来たのだ。

「どっか空いてる部屋ある？」

着物に着替え、台所に顔を出すと母親が首を傾げた。

「さぁ、どうかしら。東のお稽古場はお父様が生徒さんを見てらっしゃるし、西のお稽古場は草《くさ》壁《かべ》先生がまだお教室をしてらっしゃるから……」

「草壁先生の教室って、月曜だったっけ？」

予定では月曜のこの時間帯にはどちらかの教室が空いているはずなのだ。

「本当は明日なんだけれど、明日は草壁先生のご都合が悪いので振替なのよ。あと一時間もすればお父様の方の教室が終わるから、先にご飯を食べてしまったら？」

そう言われ、晴己はそうすることにした。

「あ、軽くでいいよ。稽古の時に動けなくなるから」

「分かったわ」

母親がそう言って晴己の食事の準備をし始める。それを待っていると廊下から、ぱたぱたと小さな足音が聞こえ、

「はるちゃん、おかえりなさい」

ひょこっと幼い少女が顔を覗かせ、舌ったらずな声でそう言った。

「ただいま、美和子《みわこ》ちゃん」

美和子は恭子の娘で、六年前、あの切迫流産の時に宿っていた子供だ。あの後無事に出産までこぎつけ、今は五歳になっている。

顔は恭子に似たのだが、中身は弘次似でおっとりとした、かなりの癒し系だ。

どうやらお風呂上がりらしく、パジャマに着替えていて、髪も滴《しずく》が落ちるほどではないが濡れていた。

「美和子ちゃん、髪の毛ちゃんと拭いてもらった方がいいよ」

晴己がそう言った時、

「まったく、美和子はあんたが帰ってるとすぐに匂いを嗅ぎ付けて走ってくんだから。美和子、ほら、ちゃんと拭きなさい」

同じく風呂上がりらしい恭子が、片手に美和子よりさらに幼い子供を抱いて台所に顔をだした。

恭子が抱いているのは、二人目で一歳半の長男の元貴《もとき》だ。

恭子は美和子の頭の上に広げたタオルを被せると、自分で拭かせながら、晴己を見た。

「あんた、もう体調はいいの？」

昨日、挨拶回りをパスして帰ったので、まず最初に恭子はそう聞いてきた。

「うん、昨日あれからマションでゆっくりしたからね」

「そう、それならいいわ」

恭子は軽くそう言った後、

「そうそう、昨日の舞台の後でリーフェンシュタールさんがあなたの踊りを物凄く褒めてたわよ。前に見た時も良かったけど、今は前よりももっと良くなってるって。特に視線と手の使い方が素晴らしいって、ベタ褒めしてたわ」

そう告げた。

「話したんだ……」

「ええ、日本語ペラペラなのね。おかげで助かったわ。それで、これからもあんたのために協力は惜しまないって。本当にいいスポンサー捕まえてくれたわ、あんた」

恭子はとても嬉しそうにそう言った後、少しニュアンスの違う笑みを浮かべ、

「そういうわけだから、これまでの恩もあるし、会社でも上司なんだから機嫌を損ねたりしないのよ」

そう、強要した。

「会社でもって……まさか姉ちゃん言ったの!?」

あんなちょい役でバレるはずがないと思っていたのに、クラウスにはバレていた。

今日の口ぶりでは最初から会社でも晴己が市花だと分かっていた、というような感じだったが、もしかすると本当は昨日、恭子から聞かされて知ったのかもしれない。

もしそうなら……今さらどうすることもできないが、とりあえず恭子に一言言っておかなくて

はならないだろう。

しかし、恭子の返事は、

「言うわけないじゃない。会社にばれたら困るって言ったのあんたでしょ？　向こうから、会社でも市花は優秀な社員ですが、って切り出して来たの。それに私は何も言わなかったけど、会社では特に問題視する気はないって言ってたわ。芸術活動だからって」

という、クラウスが言っていた通りの言葉だった。

これで、クラウスが早い段階で晴己が市花だと気づいていたということが確定した。

——結局、俺だけ必死でバレないようにって頑張ってたんだよなぁ……。

その様子はきっと滑稽だったに違いない。

「会社で何か言われたの？」

黙ってしまった晴己に恭子が問う。それに晴己は頭を横に振った。

「ううん、別に。バレてたら厄介なことになるって思っただけ。問題ないって思ってくれてるんだったらいいんだ」

晴己がそう返した時、台所に弘次が恭子を探して顔を出した。

「恭子、ここにいたのか。ちょっと話があるんだけど」

そう言った弘次は少し浮かない表情をしていた。

「話？　何なの？」

「鵬元流のことで、ちょっと……」

弘次のその言葉に恭子は眉を寄せる。

「分かったわ」

「鵬元って、また何かあったの？」

桃井としては、鵬元流とはかかわりたくなどないのに、向こうが何かと細かな嫌がらせをして来ている。

桃井の教室の近くに自分たちの教室を作り、こちらより月謝を下げて生徒を横取りしようとしたり、新しく師範になった生徒にちょっかいを出して来たりしているらしいのだ。

そういった事柄は、決して恭子は晴己の耳に入れようとしない。いつもある程度収まってから他の名取たちから聞いたりするのが常だ。

「別に何もないわよ。あんたが心配するようなことじゃないわ。心配してる暇があったら、今度の公演の稽古の心配でもしてちょうだい。あんたにとっては久しぶりの大きな舞台なんだから。

……向こうで話すからその間この子見てて。美和子、晴己に髪の毛乾かしてもらいなさいね」

恭子はそう言うと、抱いていた元貴を晴己に押し付け、さらに美和子の世話まで押し付けた。

「ちょっと、姉ちゃん……っ」

呼び止めようとしたが、恭子はさっさと弘次と台所を出て行ってしまう。

「もう……いつも何も教えてくれないんだから」

呟く晴己の腕の中で元貴が不思議そうな顔で晴己を見上げ、晴己の隣の椅子ではチョコン、と座った美和子が、自分で髪の毛をごしごしと乱暴にかき混ぜるようにしてタオルで拭いていた。

「美和子ちゃん、そんな風にしたら髪の毛が痛むよ」

「じゃあ、はるちゃん、かわかして」

「後でね、先にご飯食べさせて。お母さん、ご飯食べるから、ちょっと元貴抱いてて」

晴己はそう言って母親に押し付けられた元貴を渡そうとしたが、元貴は晴己の着物をぎゅっと摑んで離そうとしなかった。

「元貴、おじちゃんご飯食べるから、ね？」

そう言っても元貴は頭を横に振って『やだ』と意思表示をしてみせる。

元貴は特別晴己を気に入っている、というわけではないのだが、今日の抱っこ番はこいつ、と決めるとテコでも動こうとしないのだ。

無理やりに引き剝がすと、泣く。

それも、恐ろしいほどの大音量で。

そして、なかなか泣き止まないのだ。

「……こういうところ、恭子に似ちゃったわね…。晴己、左手で抱いて食べなさい」

母親は苦笑してそう言うと、空いている椅子に腰を下ろした。

晴己も、むやみに泣かせて後で恭子に文句を言われたくはないので、元貴のご機嫌を損ねないよう、左手で元貴を抱くと、片手だけでご飯を食べ始める。

その様子を見ながら、晴己に聞いた。

「今度の公演のことで、恭子は頭がいっぱいみたいだわ。桃井では久しぶりの大きな公演だし」

「そうだね……、前は姉ちゃんが元貴を妊娠する前だったから、三年前か……」

この前のような生徒のための発表会は年に一度行っているが、名取の中でも選ばれたものだけで行う大掛かりな公演は、そうはいかない。

以前の桃井ではそういう公演も二年に一度行っていたのだが、鵬元との騒ぎ以降、流派を立て直すのがせいいっぱいで、どうしてもイレギュラーな開催になった。

三年前の公演では桃井の復活を印象づけるためのかなり派手なものだったのだが、今度の公演もそれと同等のものにしようとしているらしい。

「本当は、晴己が襲名した時にやりたかったらしいんだけれどね。あの子、おなかが大きかったから……」

母親が申し訳なさそうに言う。

本当はきちんとした襲名公演を予定していたようなのだが、取り仕切れる恭子が動ける状態ではなかったので、軌道修正して発表会の中でお披露目をしたのだ。

だが、晴己はそれで充分満足していた。

「襲名公演なんか、重くてヤだよ。あ、そういえば今度の公演の衣装、全部新調してくれるのってそれを気にしてんのかなぁ」

衣装の新調となると半端な額ではない。公演を行うだけでもかなりの資金が必要になるというのに、いいのかな、と思ったりもしたのだが、恭子も自分の衣装を新調すると言っていたから、自分だけ、と言われるのも嫌なのかと思っていた。

だが、少しは晴己に申し訳ないと思ってもいたらしい。

「でも、やっと桃井も落ち着いてきたわね。一時期は本当にどうなることかと思ったけれど、晴己がドイツまで行って頑張ってくれたおかげだわ」

母親がそう言うのに、晴己は口元だけで笑った。

桃井が持ち直したのは、クラウスのおかげだ。

今もまとまった額の援助を受けているのかどうか——桃井の金銭面に関してはまったく晴己はノータッチなので——知らないのだが、最初の一億だけでも桃井が持ち直すのには充分だっただろう。

——やっぱ一晩だけで逃げたっていうのはマズいよな……。

晴己は心の中でそうため息をついて、左手に抱いた元貴に邪魔をされながら食事を続けた。


人気《ひとけ》のない稽古場の真ん中で、晴己は正座をしてＣＤから流れてくる曲に耳を澄ませていた。

晴己が食事を終えた頃、戻って来た恭子は問答無用で元貴を引き取ってくれた。幸い、元貴は途中から眠ってしまっていたので泣きわめかれずに済んだ。

その後、約束通りに美和子の髪を乾かして、丁寧にブラシで整えてやり、それからようやく稽古に入ったのだ。

流れているのは、今度の公演で晴己の舞う演目である『鷺娘』である。

恋を知った娘が、その恋ゆえに傷ついて、白い鷺に身を変え死んでいく。

晴己は頭の中でイメージを広げながら、ゆっくりと体が動くままに踊り始めた。

鷺娘は春己が一番好きな演目だ。

恭子も、これだけは褒めてくれている。

そして、クラウスの前で舞ったのも、鷺娘だった。

――いや、あの時はまだクラウスのことは知らなかったな……。

公演の後に会って、話をし……援助をする代わりに情人になるように言われて、晴己はそれを受け入れたのだ。

あれから、六年。

一億という援助の見返りを、ずっと逃げていたことへの気持ち悪さは確かにあった。

だから、この週末のことは自分にとってもいい機会かも知れない、と晴己は思う。

どうせ、クラウスが日本にいる間だけの関係になるだろうし、クラウスがずっと日本にいるとは思えない。

限られた時間だけの相手だ。

それに、クラウスはあれほどの容姿だし、日本語も堪能だし、それにリーフェンシュタール財閥の御曹司とくれば、女性の方が放っておくわけがない。

浮いた噂は聞いたことはないが、そういう相手がいないとは思えないから、そのうち自分への執着も薄れるだろう。

――今は、多分『逃げた』から執着しているだけだろうし……。

そこまで考えて、晴己は舞うのをやめた。

あまりにも頭の中で余計なことを考えすぎていて、手や足の捌《さば》きが雑多になっていたからだ。

「稽古場に入ったら、余計なことは考えない」

子供の頃から父親や恭子に繰り返し言われたことを、口に出し、晴己は小さく一息ついてから、再び舞い始める。

今度は、ただひたすら舞のことだけを考えて。

◇◆◇

週末、晴己は歌舞伎座の桟敷席にいた。

目の前にはお届け弁当、そして隣には――クラウスがいる。

『これが明日のチケットです。食事の手配してありますから』

昨日、仕事を終えて帰宅しようとした晴己を呼び止めたゲオルクは、そう言って晴己に封筒を手渡した。

『明日？』

『ええ、社長からデートだとお伺いしていますが？』

さっくり言われて、晴己はその場に座り込みたくなった。

——何、ペラペラ喋ってんだよっ！

いくら有能な秘書だからといって、プライベートまで喋っているクラウスに胸の中で晴己は毒づく。

『忘れないようにして下さい。後の予定は社長が考えていらっしゃるようですが』

『どうして私に渡すんですか？　社長にお渡しした方がいいのでは？』

『こういったチケット類は、秘書が預かっておくのが基本だと思いますよ。ああ、それから忘れないように気をつけた方がいいですよ。空いた時間をどのように過ごすかは、社長の胸一つですから。社長が住んでいらっしゃるホテルは近くですし』

ゲオルクは涼しい顔で、晴己にとっては脅しとしか思えない言葉を吐いた。

心ひそかに『チケット忘れて来ちゃいました』などといって、予定を壊してやろうか、などと思っていた晴己は、即座に自分の思惑を撤回するしかなかった。

——ゲオルクは一体どこまで何を知ってるんだろう……。

この前、昔より踊りがうまくなった、と言っていたので、ドイツに行った時のあれを見ていたのだろうとは思う。

あの頃からクラウスの秘書だったのだろうか？

それで、一連の出来事を知っていて——資金援助の見返りにクラウスと寝たことも知っているのだろうか？

——知ってても不思議じゃない感じの口ぶりだったけどさ……。

そこまで考えて、晴己は隣のクラウスをちらりと見た。

クラウスはイヤホンガイドを耳にしながら、舞台を見ている。

最初、晴己に説明をと言っていたクラウスなのだが、ひそひそ声ででも説明をしていると他のお客さんの迷惑になるし、日本語でしか伝わりにくい古典的なニュアンスを、どうやって説明すればいいの分からないから、と晴己は英語のイヤホンガイドを借りるように進言したのだ。

その晴己の勧めは正解で、クラウスは舞台に夢中だった。

——この人、ゲオルクにどこまで喋ってんだろ……。

六年前、すでにゲオルクはクラウスの秘書だったのだろうか？

だとすれば、ある程度のことは知っていても不思議ではない。

だが、社長と秘書、という関係以上の何かを二人から感じることがある。

ビジネスだけではない、もう少し親しげな雰囲気だ。

——友達っていうんでもないいんだよな……。

そんなことを考えていると、不意にクラウスが晴己の方を見た。

「な…なんですか？」

挙動不審にどもりながら、晴己は聞く。

「舞台の女形の役者より、市花……いや花鶯の方が美しいと思ってね」

少し笑ってそう言うと、クラウスは再び視線を舞台へと戻した。

今日のクラウスは随分と機嫌がいい。

会社では不機嫌だとか、そういう意味ではなく、恐らくプライベートだからだと思うのだが雰囲気がいつもより柔らかい。

――とりあえず、機嫌がいいに越したことはないな。とにかく、楽しんでもらおう……。

それが受けた恩義への義理でもある、と心に止め、後での話の種にするため、晴己は舞台へと視線を向けた。

歌舞伎の後は、東京タワーに上り、その後寺社仏閣詣《もう》でに向かった。

『デート』などと言われていたので、もっと物凄い雰囲気のあるデートスポットへ連れて行かれるのかと思っていたのだが、クラウスが選択したのは『外国人観光客向けコース』で、会話も色恋を絡ませるものではなく、ごく普通に『観光案内』だ。それに晴己は随分と胸のうちで安堵していた。

そして、一通りクラウスの行きたいと言う場所を巡った後、二人は夕食のため再び移動した。クラウスが予約を入れていたレストランは、現在クラウスが滞在しているホテルのメインダイニングだった。

「今日はおかげで、一日楽しかったよ。ありがとう」

ワインを口にしながら、クラウスがそう言う。それに、ついて回っていただけで特に何もしていない晴己は曖昧に頷いた。

「いえ、こちらこそ……。桟敷席で歌舞伎を見るのは初めてでしたから、嬉しかったです。ありがとうございました」

晴己のその言葉に、クラウスは笑みを浮かべた。

「楽しんでもらえたなら、私も何よりだ。無理につきあわせたからな」

下手に出られて、晴己はどう返していいか分からなかった。

確かに、最初は気乗りがしなかったことは事実だ。

だが、歌舞伎の舞台は素晴らしいものだったし、社寺巡りも住んでいると意外と行かないものなので、楽しかった。

それを晴己が言葉にする前に、クラウスが言葉を続けた。

「いい機会だから、聞いておきたいことがあるんだが、いいか？」

その言葉に、晴己は少し身構える。

今日のデートの経緯から考えて、『いい機会』というのが援助絡みだということは簡単に想像できたからだ。

「……なんでしょうか？」

できるだけ平静を装って聞いた晴己に、クラウスは言った。

「ゲオルクのことだ。あいつは、他の日本人スタッフとうまくやっているのか？」

しかし、クラウスが聞いたのは晴己が思っていたのとはまったく違うことだった。

「ドレッセルさん、ですか？」

「ああ。あいつは有能なんだが、有能であるがゆえに、他人を見る目も厳しいからな。そうでなくとも、言語的な問題でコミュニケーションが取れているかどうかも心配だからな」

そう言われて、晴己の頭に真っ先に浮かんだのは、秘書課の愛すべきハムスター・友永だった。何かとゲオルクから一言を頂戴することの多い友永だが、新人への注意の範囲内……だろう、多分、ギリギリで。

友永は英語があまり得意ではないせいで、必要以上にゲオルクに苦手意識を持っている様子だが、それで業務に支障が出ているとは思わなかった。

「大丈夫だと思います。英語が不得意な者には、堪能な者が後でフォローしていますから」

「そうか、それならいい」

晴己の返事にクラウスは少し安心したような表情を見せる。

「できる限り日本人スタッフとの間に摩擦が生じないように、気をつけて合併をしたつもりだが、やはり外国人がトップにつくと勝手が違うだろう。社長に就任してから、いろんな企業の人と会うが、日本人はあまり本心をはっきりとは口にしないものだということを痛感してるよ」

「そういうところは確かにあるかもしれませんね。口にせずとも、察してほしいという部分は確かに。……なにか、不都合がありましたか？」

晴己の頭の中はすでに仕事モードに切り替わっていた。

クラウスが他社との会談に向かう時には、ゲオルクが一緒に行くことがほとんどだ。クラウスが日本語を解すし、会談そのものは英語で行われる前提だからだ。

晴己が行くのはどうしても英語で話が無理な時と、ゲオルクの体が空かない時だけになるのだが、前者が理由で代わったことは一度もない。

ただ、英語で説明しにくい微妙なニュアンスでの行き違いがおきることがたまにあり、そんな時には晴己が他社との間に入る。

今回もそういった事で何かあったのだろうかと思って晴己は聞いたのだ。

「たいしたことじゃない。多少、向こうの思惑を汲み取るのにいくつかの段階を経ねばならないという程度だ」

「それならばいいんですが」

「まぁ、思惑を汲み取るのに失敗をしても、あまり収支への支障は出なくなるだろうな」

クラウスの言葉の意味が分からず、晴己は聞き返す。

「どういうことでしょうか？」

「ヨーロッパのメーカーから、笠原の商品への引き合いがきている。ヨーロッパでも笠原の部品のクオリティの高さは有名だったらしいな。流通ルートがなかったから、入手ができなかったらしいが、今度の提携でリーフェンシュタールの流通ルートでの販売が可能になったと知って打診が幾つもきている」

その説明に、晴己は驚いた。

「ヨーロッパからの引き合いが？」

「驚くことじゃないだろう。うちの商品の質を考えれば」

「確かに、職人の技術はかなりのものだと自負しておりますが」

「そうだろう？　打診してきたうちの三つはかなりの大口だ。そのうちの一つの折衝には君について来てもらうことになると思う」

クラウスのその言葉に、晴己は少し眉を寄せた。

「私が？　ドレッセルさんではなく？」

「ゲオルクは現状でも手一杯に近いからな。英語で可能な場合は君に仕事を振りたいらしい。資料は今度渡す」

「分かりました。……ですが、それなら日本企業の方の仕事を振ってくだされぱいいのではないかと思うんですが」

そう、わざわざ英語での折衝が必要な外国企業よりも、日本企業との折衝の方が面倒がない。だが、

「なまじ日本語が通じると、妙な馴れ合いや同情でビジネスライクに話を進められなくなる可能性も否定できないだろう？　特に以前の笠原はそれでかなりの損失につながる契約を締結させられたこともあるようだし」

クラウスはそう言った。

確かに、前社長は人がよく、頼まれるとノーと言えない人物だった。

利益の薄い契約を結んだこともある。だが、それはすべて『今後のため』だった。

それで続けて発注してくれる企業もあったが、最初の無理を押し通した後、さっさと別のメー

カーに乗り換えてしまった企業も多い。

『馴れ合い』と言われても仕方がないことだろう。

「もちろん、それが悪いことばかりだとは言わないが。企業は所詮、人が動かしているものだからな」

リーフェンシュタールの御曹司として生まれ、おそらく幼い頃から帝王学のようなものを身につけてきたのだろう。

今のクラウスからは、会社にいるときと同じ、冠するものの風格、のようなものを感じた。

「……ヨーロッパの企業との折衝はいつごろになりそうですか」

「早ければ来月だな」

「来月……。では今のうちにパスポートを取っておかないと……」

以前のパスポートは五年で作っていたから、すでに期限が切れてしまっている。

それに、クラウスの秘書、という立場にいる限りはいつ海外へついて行くことになるのか分からないのだ。

「今回は、相手がこっちへ来る。製作現場も見たいらしいし、日本は初めてらしくて、観光もしたいらしい。だが、パスポートは作っておいた方がいいな。むしろ、パスポートを作っていないこと事態、驚きだが」

「今まで、笠原は海外との直接のつながりはありませんでしたし、社員旅行も国内でしたから。

……以前のものは、期限が切れました」

そのまま、六年前の話を蒸し返されるかと思ったが、クラウスはただ『そうか』と言っただけだった。

その後も食事をしながらしていたのは、仕事に関係した話ばかりだ。

これまでは自分が市花であることをバレないように、とクラウスと顔を合わせる機会を極力減らしていた。

だが、すでにバレている上、下手をしたら過去の話を持ち出されないかとひやひやしていた晴己にとっては、仕事の話の方がはるかに安全な話題だ。

それにすでに頭は『秘書』に切り替わってしまっていた。

「EU統合はやはり大事件でしたか？」

食事の最後に出て来たコーヒーを口にしながら、晴己は問う。

「まぁそうだな。通貨も変わったし。だが、それ以上に東西ドイツの統合の方が個人的には大事件だった」

「ああ、そうですね。昔、ドイツは西と東に分かれてたんでしたね」

晴己がまだ小学生のころで、当時の騒ぎは記憶にないが、ざっくりした知識だけはある。

「社会主義と民主主義が急に一つの国になったから、経済的混乱は通貨統合どころではなかったな。物価の差は二倍から三倍だったたし、その差を埋めるためにドイツ経済事態が低迷した。リーフェンシュタールは他国の支社に事業を分散させていたから、決定的な打撃を受けることはなかったが、それでも一時期は苦しかったようだ」

クラウスはそこまで言って、ちらりと時計を見やった。

それに晴己も同じように時計を見ると、時刻は九時になろうとしていた。

ここに入ったのが六時を少し回った頃だったから、三時間もいたことになる。フルコース料理だったから結構長くいるとは思っていたが、まさかそれほどとは思わなかった。

「この後、何か用があるのか？」

クラウスがそう問うのに、晴己は頭を横に振った。

「いいえ、何もありませんが」

「少し部屋へ来てもらえないか？」

その言葉に、晴己は食事の最初にクラウスが『資料を渡す』と言っていたのを思い出した。

おそらく、それを渡したいのだろうと思い、

「分かりました」

そう返事をした。それにクラウスは薄く笑むと、

「では、行こうか」

そう言って立ち上がる。晴己も続いて立ち上がった。

クラウスが滞在しているのは、ジュニアスイートルームだった。

ベッドルームとは別にリビングがあり、ソファーセットとは別に、どっしりとした仕事用らしい机がある。

机の上に晴己が視線を向けると、書類が綺麗に並べておかれていた。

「ソファーに適当に座ってくれ。何か飲むか？」

設えられている冷蔵庫へと向かいながらクラウスが聞いた。

「いえ、今食事をしてきたばかりですから」

「そうか。では、私だけいただくとしよう」

クラウスはそう言って缶ビールを手に取ると、晴己が座したソファーへと戻ってくる。

そして、そのまま隣に腰を下ろした。

「ビールがお好きなんですか？」

「そうだな。一番気軽に飲むアルコールはビールだな。……今、やっぱりドイツ人だから、だと思っただろう？」

少し笑って言ったクラウスに、晴己は少し笑う。

「否定はしません。でも、確かに一番気軽ですね。日本でも『とりあえずビール』っていう人は多いですから」

「市花、君も？」

「そうですね。家でも飲む時は、とりあえずビールですね」

晴己はそう言ってから、少し間を置いて続けた。

「今日は、私を『市花』とお呼びになることが多かったですね。でも、もう『市花』では……」

晴己のその言葉に、クラウスは苦笑した。

「そうだな。今は『花鶯』だったな」

「三浦晴己、が一番正確ですが」

話がそのまま『市花』絡みの過去に向かうのを避けようと晴己はそう言ったのだが、避け切れるものではなかった。

「君を思い出す時はずっと『市花』の名前だったから、つい癖でね。何しろ、もう六年もだからそう簡単にはな。もちろん、呼んでほしい呼び方があればそれにするが」

「三浦、で結構ですよ」

「まるで会社にいる時と同じようだな。もっとも、君はずっと私を『社長』と呼んでいたが」

「間違ってはいないと思いますけれど」

答えながら、晴己は話が向かう方向に嫌なもの感じていた。

「間違ってはいないが、今日はプライベートのつもりだ」

クラウスはそう言うと、不意に晴己の手を摑んだ。

「社長……」

「ずっと、会いたいとそう思っていた。いろいろと事情があって日本へ来ることも叶わなかったが、こうして日本で会えたことを神に感謝している」

「私は、仕事の話だと思って、ここまで来たんですが」

「仕事の？」

晴己の言葉に、クラウスは怪訝そうな顔をする。

「今度、私が折衝に伴うことになる企業の資料を渡すためではなかったんですか」

できる限り冷静な声で晴己は言った。それにクラウスは、「資料は『今度渡す』と言わなかったか？　少なくとも今夜とは言わなかったはずだ。資料は会社にあるんだからな」

そう返した。

確かに、そう言われてみれば『今度』と言っていた。ただ、仕事絡みの話の後で『部屋へ』と言われたから、勝手に晴己が仕事の話の続きだと思っただけだ。

「では、私をここへお呼びになった理由はひとつですね」

勘違いしていた自分の愚かさに冷笑を浮かべ、晴己はクラウスの手を軽く引きほどくとソファーから立ち上がった。

そして、着ていたジャケットを脱いでソファーに置くと、シャツのボタンを外し始める。

「市花、何をするつもりだ」

クラウスはソファーに座したまま晴己を見上げ、聞いた。

「何を？　あなたがなさりたいのは、つまるところセックスでしょう？　回りくどく雰囲気を作ったりして下さらなくて結構です」

投げやりな様子で言った晴己にクラウスは晴己が脱いだジャケットを手に取り、差し出した。

「そういう相手には不自由していない。着なさい」

「不自由していないなら、なぜ私を今日呼んだんですか？　別にかまいませんよ、あなたにはその権利が……」

「やめなさい」

短く、だが従わせる力を持った声でクラウスが晴己の言葉を遮る。

「娼婦のような真似はしなくていい」

そのクラウスの言葉に、晴己は噛み付いた。

「一億の見返りは一晩の伽《とぎ》では暴利だと、そう言ったのはあなたでしょう？　それを今さら綺麗事を並べ立てたって、何の意味があるんですか」

「そう、一晩では暴利だと言った。だから今日、君にデートにつきあってもらったんだろう？　セックスが目的なら、最初から部屋に連れ込んでる。その方がよほど有意義な時間の使い方だ」

クラウスの返事に晴己は理解ができない、と言った様子で嘲笑う。

「なら、なんの目的があったんですか」

「好きな相手とともに時間を過ごしたい、それだけのことだ。たとえそれが、お茶を飲むというだけの時間であっても、ともに過ごすことができればそれでいい。今まではそれさえもできなかったわけだからな」

その言葉は、ただ晴己を混乱させただけだった。

クラウスはゆっくりと立ち上がると、立ち尽くしたままの晴己の肩にジャケットを羽織らせた。

「今夜はもう帰った方がいい。車の手配をさせる」

クラウスはそう言って、仕事机へと歩み寄る。

そしてクラウスが机の上の電話の受話器を手にした時、

「失礼します……っ」

爆発しそうな感情を押し殺したような声で晴己は言い、部屋を後にした。

出て行く晴己を追うことはせずクラウスはフロントにつながった電話に車の用意を、と告げる。

『お客様はそちらですか?』

フロントの問いに、クラウスは薄く笑った。

「いや、今出て行った。エレベーターを降りて、血相を変えて出口へと向かう客がいたら、それが彼だから、よろしく」

『かしこまりました』

フロントの返事を待って受話器を置き、クラウスは軽く髪をかきあげた。

「やはり、真意はちゃんと伝わってはいなかったようだな。……まぁ、六年も待ったんだ、あと一、二カ月ほどどうということもない、か……」

六年前、突然舞い降りた白い鳥は、一夜クラウスの胸で眠った後、また飛び立った。

渡り鳥なら一年に一度でも会えるのに、連絡さえままならず、会わないまま六年。

「どんな籠を用意すれば、そこにおとなしく住んでくれるんだろうな、あの白鳥は」

薄く笑みを浮かべ、クラウスはどこか楽しげにそう呟いた。

◇◆◇

翌日、晴己は実家へ稽古に向かっていた。

今日は稽古を受け持つ教室もないし、自身の稽古にも来る予定ではなかった。来られるかどうか分からないので、休む、と言っていたのだ。

だが、思いがけず昨夜は何事もないまま——エレベーターから降りて出口へと向かったところでホテルスタッフに『リーフェンシュタール様のお客様ですね』と呼び止められ、そのままホテルが用意した車でマンションに戻ることになった。

だが、マンションに戻ってからも晴己は悶々と、クラウスが何を思っているのか考えることになってしまった。

——一億の見返りだろ？　あの時だって『情人』になれって言ったのあいつじゃないか。

だから、抱かれた。

好意を寄せてくれていたのだとは思う。だが、それはあくまでも『情人』としてだ。

だからこそ、一晩で逃げようとした自分への制裁の意味も込めて、デートに誘ったのだと思っていた。

それなのに、抱こうともせず、帰るように言われて——何を考えているのか分からなかった。

——ていうか、俺、前は完全にマグロだったし。溜まってもないのに、マグロを抱く気になれないとか、そういうことか？

クラウスは自分で言った通り、確かにそういう相手に不自由はしないだろう。

欲求不満でもない状態で、マグロの相手など面倒なだけだ。

なら、溜まった時に呼べばいいんじゃないかと思う。

そうでもないのに、呼び出して、歌舞伎を見て、寺社仏閣詣でをして、フルコースを食べさせて……。

それで下心がまったくない、と言われて、本当にわけが分からなかった。

分からないまま悶々と考え込むうちに眠くなって、でも目が覚めたら覚めたでまた考えてしまって、それで気分転換を兼ねて、晴己は稽古に実家を訪れたのだ。

「失礼しまーす」

着物に着替えて稽古場へ向かうと、師範代と生徒が稽古場の入り口で固まって浮かない表情で何やら話していた。

だが、晴己を見ると、急いで口を閉ざす。

「あ……あら、花鶯先生、今日はお休みじゃなかったんですか？」

「予定が変わったんで、稽古に。次の公演の稽古はしてもしすぎるってことはないですからね」

声をかけてきた師範代に晴己はそう返してから、聞いた。

「何かあったんですか？　みんな、ちょっと表情が暗いですけど……」

「いえいえ、何もありませんよ。さぁ、みんな稽古を始めましょう」

晴己の言葉に、明らかに動揺しながら、師範代は生徒に声をかける。その声に生徒たちが稽古場の中へと入って行くのをみながら、晴己はあることに気づいた。

「あれ、今日のこの教室って姉ちゃんの受け持ちじゃなかったですか？」

「……先生は、急用でお出掛けになったんです。それで、代わりに私が……」

「そうなんですか……。そういえば、お義兄さんの車もなかったな。一緒に出掛けたの？」

駐車場にいつも停まっている弘次の車がなかったのを思い出して、そう聞いたが師範代は、ええ、と言っただけでそれ以上は晴己に質問されるのを拒むように、稽古場に入って稽古を始めてしまった。

あきらかに何かがおかしいとは思ったが、稽古場の中にまで追いかけて行って問い続けるのは稽古の邪魔になる、と諦めて、晴己は隣の空いている稽古場へと入り、己の稽古を始めた。

稽古を始めてしまえば、よほどのことがない限り、頭の中からは舞以外の何も入り込んではこない。

だからこそ、晴己はクラウスのことを考えずに済むようにとここへ来たのだ。

そして一時間ほどが過ぎ、晴己が休憩を取っていた時、さっきの師範代が晴己の稽古場に姿を見せた。

「花鶯先生、少しいいですか？」

「ええ。稽古は、いいんですか？」

「今、休憩してます。あの……すぐに花鶯先生にも分かってしまうことですから言ってしまいますけれど……」

言いにくいことなのか、師範代は言葉を濁す。

「何かあったんですか？」

促すように晴己が問い返すと、師範代は何か重いものを吐き出すように言った。

「今度の公演、もしかしたら中止になるかもしれません」

その言葉は、晴己のまったく予想していないものだった。

「中止って……どうして？　何があったんですか？」

「実は、手配していた会場が使えなくなってしまったようで、それで苑弥先生が会場へ確認に」

「使えないって、どうして？　会場の設備に何か問題が？」

「それが、押さえていたはずの会場、いつの間にかキャンセルされていたって……」

「そんなこと……あり得ない。何かの間違いでしょう？」

晴己がそう言った時、玄関の方で恭子の声が聞こえた。それに晴己は稽古場から玄関へと急いで向かった。

「姉ちゃん、今度の公演……」

晴己がそこまで言った時、恭子が鋭い視線を向けた。

「大声でする話じゃないわ。……来てたなら、都合がいいわね。いらっしゃい、あんたにも話しておくわ」

恭子はそう言うと、晴己について来るように促し、両親のいるリビングではなく奥の応接間へと向かった。

「どこまであんたが聞いて知ってるのか分からないけど、公演で使う予定だった会場が使えなくなったわ。ちゃんと押さえてあったのに、いつの間にかキャンセルされてた」

「いつの間にかって……お金、もう払ってたんだろ？　なのに、なんで」

「返金も、されてたわ。事務手続きに使ってるのとは別の、友の会の会費振り込みの口座にね」

忌ま忌ましそうに恭子はそう言った。

会場は、一度はちゃんと押さえて使用料もすでに払い込んでいた。だが、二カ月ほど前、桃井の名前でキャンセルしたいと電話があったらしいのだ。

おかしいと思って、確認の電話を契約書に書いてあった桃井の事務局――電話番号だけは別の、この桃井家の一室なのだが――へかけたところ、事務員が出て、キャンセルの件を改めて確認したらしい。使用料の返金も、その際に言われた口座に振り込んだらしいのだ。

「友の会の口座は普段ほとんど見ないから、気づかなかったわ。家だって、教室がある時は解放してるから誰が入って来てても気に留めないことがほとんどだし」

「じゃあ、事務の人が誰もいない時を見計らって、入り込んだ誰かがってこと？」

「そう考えるのが妥当でしょうね。十中八九、鵬元の仕業でしょうけど」

吐き捨てるように恭子は言う。

「鵬元って……家宅不法侵入なんて真似をしてまで……」

考えられないことではないが、そこまでするものだろうかと晴己は思った。だが、

「キャンセルされた会場、その次の日に鵬元が押さえたんだ……偶然だとは思えない気がする」

黙っていた弘次がそう言った。

「まったく、どこまで邪魔すれば気が済むのよ！　チケットの販売に入る前だったから良かった

ものの、もう少し気づくのが遅れてたら、赤っ恥もいいところだわ」

恭子がとうとうキレた。その恭子に、晴己は恐る恐る聞いた。

「でも、なんで分かったの、会場がキャンセルされてるって……」

「私が気づいたわけじゃないわ。ポスターを刷りに出してた印刷会社が、うちのを刷り終わったすぐ後に鵬元のを受けて、それで同じ日に同じ会場だって気づいて教えてくれたのよ。もう、チケットもパンフレットもポスターも、全部刷り上がってるのよ。別の会場を手配して刷り直さないと……」

イライラした様子で恭子は爪を噛む。

「会場の手配って言っても、同じようなキャパ数のところっていったら限られてるだろ？」

「手配をし直して、全部刷り直すってなったら、時間も足りないよ。せめて延期とか……」

「分かってるわよ。それでもなんとか探すわ。印刷所に少し泣いてもらってでも、同じ日にするわよ。中止なんて、絶対しないから。そんなことしたら、相手の思う壺じゃない！　野外だろうとなんだろうと、絶対にやるから」

晴己と弘次の言葉にも、恭子は一切耳を貸さなかった。

こうと決めればテコでも動かないのが恭子だ。

結局、公演はやる方向で調整することになり、その日から晴己も会場探しに奔走することになったのだった。

4

「再来月の第三日曜なんですが……ええそうです。……そうですか、どうもすみませんでした」

携帯電話を切ると同時に、晴己の口からはため息が漏れる。

会場のキャンセル騒ぎから、三日。

晴己は会社の休み時間まで使って、会場探しに奔走していた。

家で調べて来た会場にはこれで全部電話をかけたが、すべてダメだった。

「他にどっかまた探さないと……」

小さく呟いて、晴己は人気のない会議室前から秘書課のフロアへと戻る。

休憩時間のフロアは、まだ昼食からあまり人が戻っておらず、随分と静かだったが、ゲオルクは席についていて、友永に何か注意をしているようだった。

しょんぼりした様子の友永は、フロアに晴己が戻って来たのに気づくと、視線で『助けて下さい』と訴える。それに晴己は近づき、ゲオルクに声をかけた。

『何か、ありましたか？』

『何もなければ、注意を促したりはしません。フロッピーの上に、磁気を帯びたシールを置いてデータを飛ばしたんですよ』

それに晴己は首を傾げた。

「磁気を帯びたシールって……何を置いたの？」

HELP ME

その言葉に、友永は恐る恐る、手に持っていた茶色くて丸い何かを見せた。

「すごく肩が凝ってて、それでずっと貼ってたんです。でも、かぶれてきちゃってそれで剝がしたこれを、うっかりフロッピーの上に置いちゃって、それで……」

友永が持っていたのは、肩凝りの緩和に良く使われる磁気シートだった。

それに晴己は思わず足元から崩れ落ちそうになる。あまりに、間の抜けたミスすぎて。

「ごめんなさい……。でも、フロッピーの中には大したデータは入ってなかったんです。僕の、研修会のレポートくらいで……」

小さな体をさらに小さく小さくして、友永は謝る。それを見て晴己はゲオルクに口添えした。

『友永も反省しているみたいですし、私からきちんと言って聞かせますからこの辺りで』

『いい加減、成長してもらわないと後で困るのは彼ですから。きちんと指導して下さい』

ゲオルクのその言葉を、多分ちゃんと聞き取れてはいないだろう友永へソフトに訳す。友永はもう一度ゲオルクに謝った。

「本当にすみませんでした……でも、怒りすぎ」

どうやら、晴己が来るまでそうとう絞られたらしい。

最後に随分と小さな声で、でもはっきり日本語で悪口を付け足す。

「友永、ご飯がまだなら急いで行っておいで。お灸を据えるのは戻ってからだ」

そんな友永にそう声をかけて、とりあえずこの場を去るように促してから、晴己はゲオルクに声をかけた。

『ドレッセルさん、今、私用でパソコンを使ってもかまいませんか？　少し調べたいことがあるんですが』

『私用で？　いかがわしいサイトの閲覧でなければどうぞ。ただし休憩時間の終了までですが』

『ありがとうございます』

そう返し、晴己は自分の机へと向かう。その晴己に、不意にゲオルクが聞いた。

『何かあったんですか？　週明けから、少し様子が違いますが』

それに晴己は振り返ると、頭を横に振った。

『たいしたことじゃありません。……社長に関したことではありませんから、お気遣いなく』

何もない、と言えばそれはあからさまな嘘になる。そして、土曜にクラウスと会ったことを知っているゲオルクは、晴己の様子の変化をクラウスと関連づけるだろう。

だから、何かあったことを肯定し、クラウスに関係がないと伝えておく。

実際、家のことなどは完全にプライベートで、本来であれば休憩時間であっても仕事場に持ち込んでいいことではない。

だが、今回だけはたとえ十分や二十分でも時間が惜しかった。

──キャパの誤差はプラマイ五十くらいで考えてたけど、プラス方向でもう少し範囲を広げてみるか……。

晴己は自身の昼食も取らず、休憩時間をずっと会場検索に当てて調べ続ける。

しかし、思うようなホールは見つからないまま休憩時間が終わり、晴己は仕事に戻った。

そして一時間ほどが過ぎた頃、晴己はゲオルクに、ドイツから届いた資料をクラウスに持って行くように言われ、社長室へと向かった。

「失礼します」

いつものようにそう声をかけて社長室へと入る。

クラウスは手元の資料に目を通しているところだった。

「本社から届いた資料をお持ち致しました」

晴己はそう言いながらクラウスへと歩み寄る。

「ありがとう。そこに置いておいてくれ。後で目を通す」

「では、こちらへ」

晴己は資料を机の上に置き、そのまま下がろうとした。だが、クラウスは資料に目をやったまま問いかけた。

「このところ、浮かない表情をしているが、何かあったのか?」

普段、クラウスとの接点はそう多くない。接することがあっても僅かな時間でしかないのに気づかれていたという事実に、晴己は眉を寄せた。

「いえ、たいしたことではありません」

「土曜のことを気にしている、とか?」

クラウスのその言葉に、晴己は土曜の出来事を思い出した。

確かに、マンションに帰った直後は、会社でクラウスと会うのは気まずいと思っていた。だが日曜にあんなことが起きて、クラウスとの間にあったことを考える気持ちの余裕はなく、会社でも本当に事務的に接していた。

「いいえ、気にはしてません」

晴己のその言葉に、クラウスは書類から目を離し、晴己を見た。

「君があいった出来事を気にしない、ということはそれ以上に気にかかることが起きたと考えるのが妥当だろうな。……日舞に関係したことか？」

いきなり確信を衝かれて、晴己は言葉に詰まる。

「どうやら、当たりのようだ。何があった？」

その問いに、晴己は小さく息を吐いた。

「何があっても、プライベートでのことですからお答えしかねます。他に何か御用があれば承りますが」

ことさら丁寧な口調で晴己はガードを堅くする。

「いや、結構だ。下がってくれ」

クラウスのその言葉に小さく頭を下げ、晴己は社長室を後にした。

土曜日のことを気にする余裕もなく忘れていたのに、それさえ思い出してしまい、晴己の心は一気に重くなった。

「もう……嫌だ」

もういろいろなことを投げ出してしまいたい気分になりながら、晴己は秘書課へと戻った。

◇◆◇

仕事を終え、マンションに戻ってからも晴己はしらみつぶしに会場を探し続けたが、いい返事はどこからも貰えなかった。

日曜からこっち、会場探しに躍起になって晴己は実家に戻っても受け持ちの稽古をすませると早々に帰って来ていた。

恭子たちも会場を探しているのだが、そっちの進行状況はまったく聞いてはいなかった。もしかすると、何か進展があったかも知れない。

そんな微かな、逃避にも近い希望を胸に晴己は実家へと向かった。

時刻はすでに十時近くになっていて、教室は終わった時間だ。表玄関は閉められ、晴己は裏門から入り勝手口へと向かった。

そして、勝手口から中へ入った時、恭子の怒る声が聞こえてきた。

「そんなこと、できるわけないでしょうっ！」

すでに子供達は寝ている時間だが、その声があまりにも大きかった。

よほどのことがあったのだろうと、晴己は声のしたリビングへと急いで向かった。

「姉ちゃん、どうしたの……!?」

駆けつけたリビングでは、恭子と弘次が向かい合って座っていた。

「晴己、どうしたのよ、こんな時間に」

急に現れた晴己に恭子は驚いた顔をしたが、まだまだ表情には怒りが残り、恭子の向かい側に座す弘次は、今までに見たことがないほど険しい顔をしていた。

「会場のこと、どうなったかと思って……」

「調べてるけど、進展はないわ。あんたもそうでしょう?」

そう言う恭子の口調は刺立《とげた》っていた。

「もっとも、会場が押さえられたところで、この人が許可してくれそうにないけど?」

「恭子、僕は何も頭ごなしに反対してるわけじゃない」

「反対してるじゃないの!」

半ば怒鳴るような声で恭子が言う。それに、晴己が割って入った。

「姉ちゃん、落ち着いてよ。とりあえず、なんでケンカになってるのか教えてくれない?」

「夫婦のことに口出ししないで」

「夫婦のことが原因でモメてるんじゃないだろ?」

晴己がそう言うと、それまで黙っていた弘次が口を開いた。

「恭子は、日程を絶対にずらさないで何が何でも公演をやるつもりでいる。僕は、それには反対してるんだ」

弘次の声はできるだけ感情を押さえようとしている気配があった。

「理由はいろいろある。一つは未だに会場が手配できていないこと。会場の手配がこれ以上ずれ込むと告知期間があまりにも短くなりすぎる。本来ならもうチケットの販売に入らなくてはならない時期なのに、それさえできていない。仮に会場の手配ができても、チケットとポスター、当日のプログラムの表紙の刷り直しは、急いでもらう分、料金も上乗せになるんだ。すでに刷り上がってる分の廃棄だってただじゃない」

「そんなこと分かってるわよ」

「分かっててやるなら、君はバカだ」

吐き捨てるように言った恭子に、窘《たしな》めるように弘次は言った。

「日程を一カ月か二カ月ずらして、余裕を持ったほうがいい」

「ずらしたところで、刷り直し料金も刷り上がり分の廃棄料もかかってくるわよ」

鼻で笑うように恭子は言う。

「でも、急いでもらう分の割増料金は払わないで済むだろう？　恭子、君だってわかってるはずだ。一時のことを思えば桃井は持ち直してる。でも、博打ができるほどの余裕はないってことくらい。それでまた桃井が傾けば、それこそ鵬元の思う壺じゃないか」

弘次のその言葉に、晴己は目を見開いた。

「……姉ちゃん、うち、持ち直したんじゃなかったの……？」

呆然と呟くように言った晴己の言葉に、恭子と弘次は同時に『マズい』という顔を見せる。

「晴己くんが心配するほどのことじゃない」

弘次はそう言ったが、恭子は小さく息を吐くと、はっきりと言った。

「一時期の、明日も分かんないってほどじゃ、確かにないわね。でも、運営事態は楽ってわけじゃないのよ。相変わらず鵬元の連中の生徒の引き抜きはえげつないしね」

「姉ちゃん……」

「鵬元の連中はうちを潰すためならなんだってやるわ。だからこそ、負けたくないのよ。同じ日程をぶつけてくるなら、受けて立ってやるわ。躍りで負けるならいいの。引き下がるわ。でもね、こんな下らない妨害で負けたくないのよ……っ！」

そう言った恭子の声は、臓腑の底から出ているような響きがあった。

リビングに沈黙が訪れる。だが、その沈黙はのしかかるような重みを持っていた。

「……鵬元の連中に負けたくないなら、僕は日程にこだわらずに練り直す方がいいと思う」

沈黙を破ったのは、弘次だった。

「会場が借りられたとして、いろんなことを一度にこなさないとならない。そういったことの手配と、自身の練習と、どっちも充分こなすことは不可能だ。不充分なままで舞台に立つことになるぞ。それでもいいのか」

弘次のその言葉に恭子は唇を嚙んだ。

鵬元の妨害に屈することも、不充分な状態で舞台に立つことも、どちらも恭子にはしたくないことだ。

だが、よりしたくないのは後者だろう。

屈する悔しさに言葉も出ない恭子は、不意にふらりと立ち上がった。

「姉ちゃん……？」

「しばらく、考えさせて」

押し殺したような声でそう言うと、恭子はリビングを後にした。それを見送ってから、弘次は視線を晴己に向ける。

「晴己くん、明日も会社だろう？　もう帰った方がいい」

そう言った弘次の声は、いつものように穏やかなものだった。

「義兄さん……」

「心配しなくても大丈夫だよ」

静かに笑みを浮かべた弘次は、それ以上晴己に問いかけることをさせなかった。

結局晴己は促されるまま、マンションへと戻るしかなかった。


二日後、仕事を終えた晴己は重い気持ちで実家へと向かっていた。

一昨日の夜、マンションに戻った晴己が最初にしたことは自分の貯金残高の計算だった。

恋人もいないし、退社後と休日は踊りの稽古に出ていることが多い晴己は、あまりお金を使うこともなく、結構な額が通帳に記されていた。

もともと、桃井のことはすべて姉任せだったが、就職して桃井の家を出てからは桃井の運営にはまったく関心を払わなかった。

クラウスから受けた援助もあったし、それで完全に立ち直ったと思っていたから、気にかけなかったのだ。

だが、そうではないと知ってショックだった。

――桃井の運営がどうなってるのかとか、全然考えたことなかったもんな……。

すべてを恭子一人に任せてきたことへの詫びのつもりも込めて、晴己は昨日、通帳と印鑑を持って実家へ行ったのだ。

そして、桃井の為に使ってほしいと、そう言ったのだが、それはあっさり断られた。

『桃井のことはあんたが心配しなくていいのよ。今すぐどうこうなるってことじゃないんだから。ただでさえあんたにはただ働きさせてんだから、そんなことまでしなくていいわ』

そう言った恭子は、もういつもの恭子に戻っていた。

だが、気にしなくていいと言われて、じゃあ気にしません、というわけにはいかない。

問題は他にもあるはずだ。

鵬元との問題も、きっと晴己が知らないだけでいろいろあるのだろう。

しかし、恭子は晴己には何一つ言ってはくれず、結局悶々とするしかなかったのである。

「ただいま……」

実家へと辿り着き、玄関で靴を脱いでいるとパタパタと軽やかな足音が近づいてきた。そして、

「晴己、聞いて！　会場が決まったわ！」

嬉しげに弾んだ恭子の声がそう告げた。

「……え!?」

「予定どおりの日程でやるわよ！」

驚いて目を見開く晴己の手を取り、恭子はピョンピョンと飛び跳ねて喜びを表現する。それに戸惑いながらも晴己も取られた手を上下に振りながら、

「それ、本当なの？　あんなに会場探してもなかったのに……どこ？」

とりあえず、聞いてみる。心配はないと思うが、焦るあまりにとんでもない場所を選んだ、などということも考えられたからだ。

「個人の敷地内にあるホールなんですって。キャパも少し多いくらいでほぼ同じよ。慈善事業に力を入れていらした先代がそこでよく映画の上映をしたり、劇団を呼んで演劇や舞踊の公演をなさってたらしいの。今も、いろんな大使館の方がちょっとした催しをしたりするのに借りて使ってらっしゃって、ちゃんとした設備が揃ってるって」

恭子の説明に晴己は眉を寄せた。

「そんなとこ、どうやって探したわけ？　大使館の人が借りるようなところっていったら、なんかツテがなきゃ無理だろ？　しかも個人の持ち物ってなったら……」

説明をしてもらっても、さらに新たな疑問がわいてきてしまう。

そんな晴己の疑問に答えたのは恭子ではなく、奥から子供二人を抱いて出て来た弘次だった。

「晴己くんの会社の社長さんが探して来てくれたんだよ」

「社長が……？」

弘次の言葉に、晴己は一層強く眉を寄せた。

「昨日、うちに電話がかかってきたんだ。晴己くんの様子が少しおかしいけれど、何かありましたかって」

「そうなのよ。それで、ちょっとこういうことがあってって話してみたの。そうしたら、今日、また電話をしてきて下さって」

恭子が弘次に続いてそう付け足した。

「そう、社長が……」

昨日の晴己の様子から、桃井絡みだということは分かってしまっただろうとは思っていた。だが、まさかわざわざ電話までしているとは思わなかった。

「公演まで間がないじゃない？　今までは私たちや先生方、それに生徒さんたちでいろいろ手分けしてやってたけど、今回はイベント会社に段取りを全部任せてみたらどうですかって。もちろん、任せっきりにしないでプロの段取りや仕切りを勉強すれば次回以降にも生かせるし……」

呆然している晴己に恭子がそう続ける。

「それはそうだけど、でもそれって随分お金がかかるんじゃないの？」

ポスターやチケットの刷り直しと、急いでもらう分の割増料金についてでさえ、桃井の今の状況では無理ができない、と言っていたのだ。

公演をやることになった以上、それらの料金は当然必要になる。その上、準備をイベント会社に任せるとなれば、無理ができない、などというレベルではないお金がかかるはずだ。

恭子が何を考えているのか、晴己にはまったく分からない。

だが、そんな晴己に恭子はさらりと言った。

「お金のことは心配しなくていいって。今度の公演であんたが『鷺娘』をやるってこと、リーフェンシュタールさんに前に話したのよ。凄く楽しみにしてらして、それが見られなくなるのは惜しいっておっしゃったの。それで資金面でも全面的にバックアップするから、是非って」

「是非って言われて……受けたの？」

「ええ、今回は甘えさせていただきますって」

それがどうかしたの？　とでも言いたげな恭子の様子に、晴己は言葉もなかった。

「どれくらいの額のお金がかかるかくらい姉ちゃんにも分かるだろっ！　それを簡単に……」

晴己はそこまで言って、慌てて踵を返し脱いだ靴を履き直す。

「晴己、どこへ行くのよ？」

「社長に会って来る……っ」

「社長にって……、ちょっと今さら断りを入れに行くとか言わないでよ!?　もう、全部走りだしてるんだから」

恭子の言葉に、晴己は軽く振り向き、

「お礼を言うだけ！」

そう言い残して玄関を飛び出した。

「リーフェンシュタール様が、直接お部屋の方にとおっしゃっています」

クラウスが滞在しているホテルに到着した晴己はまずフロントに行き、クラウスがいるかどうかを確認した。その上で会いたいのだと伝えてもらい、返ってきたのがその言葉だった。

部屋まで案内をしてくれる、というスタッフに、部屋は分かっているからと伝え晴己は一人でクラウスの部屋まで向かった。

部屋前のインターホンを鳴らし、自分が来たことを告げるとほどなく中からドアが開けられた。

そこに立っていたのは当然のことだが、クラウスだった。

くつろいでいたらしく、シャツと薄手のセーターにジーンズというラフな服装だ。

「ここまで訪ねて来るなんて、何か急用か？」

「ええ」

そう答えた晴己の表情はおそらくこわばっていたのだろう。クラウスは訝《いぶか》しげな顔をしたが、晴己に中に入るよう促した。

通されたのはこの前と同じリビングだった。

コンポからは何かオペラが流れていて、それを聞きながら酒を飲んでいたらしく、机の上にはオードブルの盛られた皿と、ブランデーのボトルとグラスが置かれていた。

「おくつろぎのところをお邪魔して申し訳ありません」

晴己の言葉に、クラウスは大して気にする様子も見せずにソファーに腰を下ろし、晴己にも座るように仕草で促す。

「それで、用件は？」

クラウスの向かいに晴己が腰を下ろすと、クラウスはすぐにそう聞いた。

単刀直入な問いに、晴己は己に落ち着くようにと言い聞かせるような間を置いてから口を開く。

「桃井の次回の公演のことで、随分とご尽力をいただいたと伺いました」

「そのことか……。私としても君の舞台を楽しみにしていたからね。私のできることで、公演の中止を回避できるならと思ってしただけのことだ。君が気にすることじゃない」

クラウスはさらりとそう言う。

だが、晴己には恭子のようにクラウスの『好意』を素直に受け取ることはできなかった。

「なぜですか……」

「なぜって、何が？」

「なぜ、桃井にここまでの援助を下さるんですか？　会場を探して下さっただけじゃなく、資金面にまで……。どうしてそこまで……っ」

礼を言うつもりだったのに、晴己はつい食ってかかるような口調になってしまう。

クラウスの考えていることが本当に分からなかった。

一億の援助の見返りとしてデートに誘われたのは先週のことだ。

そしてその恩さえまだ返しきれてはいないのに、新たな援助を申し出てきた。

クラウスの意図が何なのか、晴己には本当に分からない。

その晴己に、クラウスは口元に薄く笑みを浮かべ、返した。

「言っただろう、君の舞台を楽しみにしていた、と。君の舞台が見たかった、ただそれだけだ」

「それだけ……？」

本気で言っているんだろうか、と思う。

自分が舞台で舞う姿を見たいというだけで、おそらくは何百万という単位になるだろう援助をすると、そう言うのだろうか。

呆然としている晴己の様子に、クラウスは少し考えるような間を置き、それから口を開いた。

「いや、それだけ、というとあまりに綺麗事だな。君のことが好きだから、力になりたいということも、援助の理由だ」

「好き……」

「ああ」

あっさりと肯定するクラウスに、晴己は嘲《あざけ》りの交ざったような声を立てて笑う。

「好き……。そんな風におっしゃらなくて結構です。私はあなたの『愛人』なんですから、そんな風に言われなくてもあなたの望む時に、服を脱いで足を開きますよ」

晴己のその言葉に、クラウスは眉を寄せた。

「何を言っているんだ。そんなことは私は一言も言ってないだろう。望んでもいない」

「いいえ、六年前、私はあなたに『情人』になるよう言われました。その見返りとして桃井に助力をすると」

それにクラウスは腕を組むと、深く息を吐いた。

「君は、六年前、あまり英語が堪能というわけではなかったな」

「……今ほど得意ではありませんでしたが、それが何か？」

『情人』になるようにと言われたのは事実だ。そして、一夜を共にした。

無論、一夜で一億というのがかなりの暴利だということは当時から理解していたし、クラウスが呆れてもうどうでもいい、と投げ出しでもしなければ、逃げ切れるとも思ってはいなかった。

ただ、逃げられるだけ逃げようと思っていただけだ。

だが、そんな晴己にクラウスは言った。

「多分、君は私が言った言葉の半分も理解できてはいない。私がなんと言ったか覚えているか？覚えているなら、言ってみてくれ」

それに晴己は感情を含まない声で返す、

「Get youっておっしゃってましたよ。手に入れたいって。そのあと、my steadyっておっしゃってましたけれど、恋人、なんていう言い方を借りた『愛人』ですよね。現にその後すぐに今夜部屋へっておっしゃったじゃないですか」

晴己の返事に、クラウスは深いため息をついた。

「なるほどな……、単語のみで曲解したわけか。私はあの日、こう言ったはずだ『I can't get you off my mind, during dinner』君は何を言ったか分からない様子だったから、単刀直入に『Would you like to be my steady』と伝えたんだ。そして『I have room at time tonight』と」

クラウスの言葉に晴己の頭からさっと血の気が引いた。

当時の晴己は分かる単語の端的な意味だけで理解するしかできなかったが、今は違う。文章全体のニュアンスから単語の意味すべきことを読み取ることができた。

当時の晴己は、援助の見返りという前提があったため、最初に聞こえた単語『get you』を「お前を手に入れる」と訳してしまい、その後も聞き取れた言葉をそっちにつなげてしまったのだ。

だが、クラウスが言ったのはそんな言葉ではまったくなかった。

クラウスは、『食事の間中、ずっとあなたのことを考えていた』と最初に言っていたのだが、それで伝わらなかったと理解し『恋人になってもらえませんか』と言い直していた。そして、今夜部屋で、と理解してしまったあの言葉は『今夜しか時間がありませんが』と言っていたのだ。

――そうだよ、roomって部屋って意味だけじゃなくて、余裕とか暇って意味もあるんだよ……。

初めてクラウスの気持ちを知って晴己は言葉にならないくらいに驚き、そして動揺した。

それはクラウスにも充分伝わったらしい。

クラウスは薄く笑みを浮かべた。

「どうやら、やっと理解してもらえたらしい。……君の語彙数の少なさから考えても、細かいニュアンスまでは伝わっていないだろうと思ってはいたが、ここまでとは思わなかった。これで、あの夜、君がいきなり服を脱ぎ始めた理由が分かったよ」

そう言われて、晴己は羞恥で一気に頭に血を上らせた。

「そんな……」

「恋人にしたいと思っている相手が服を脱ぎ始めて、それを止められるほどの理性を当時は持ち合わせていなくて、おいしくいただいたわけだが」

今まで勘違いしていた自分が恥ずかしくて、晴己はこのままここで死んでしまいたくなった。

穴があったら入りたいというが、本当に自分の墓穴を掘ってそこに即座に葬ってほしい、と本気で思うほどに。

「さて、と……。これでようやく私の気持ちが君に伝わったわけだが、返事を急ぐつもりはないから安心していい。桃井への援助も、君のことが好きだという気持ちが大半を占めることは事実だが、君は芸術家でもある。芸術の保護や福祉への貢献は企業家としての大事な使命だと考えているから気にしなくていい。もっとも、桃井への援助には下心がある分、ポケットマネーだが」

クラウスは軽い口調でそう言ったが、クラウスの本心を知った今、晴己の中にはクラウスへの申し訳なさのようなものが渦巻いていた。

六年前、自分の勘違いからクラウスには随分と迷惑をかけた。

ちゃんとした答えを出さずに逃げ、あげくに『体が目当てなんだろ』的な態度を取ってしまったことは、侮辱以外の何物でもない。

それなのに、まださらに援助を申し出てくれたのだ。

援助に関しても、芸術保護は企業家としての使命だから気にしなくていい、と言っているが、そうですか、と言えるほど、晴己は豪胆ではない。

自分にできることは、今の晴己には一つしか思いつかなかった。

「私にできることは、今も、昔も一つです」

晴己はそう言うと立ち上がり、乱暴に自分のネクタイを引きほどいた。勢いでネクタイピンが外れてどこかへ飛んだが、それを気にする余裕もなく、晴己はシャツのボタンに手をかける。

「やめなさい」

静かな声が晴己を止めた。

それに晴己は眉を寄せ、クラウスを見る。

「なぜですか……。下心があるって、そうおっしゃったでしょう？」

晴己の言葉にクラウスはさらりと言った。

「ああ、下心は確かにある」

「なら、なぜ？　援助の見返りとして私ができることは、体を差し出すくらいしかない。社長もそれでいいと思っていらっしゃるなら、問題はないじゃないですか」

「それでいい、と思っているわけじゃないよ」

クラウスは一度そこで言葉を切った後、静かな口調で続けた。

「体だけが欲しいわけじゃない。言っただろう『恋人になってほしい』と。今度はちゃんと心まで欲しくてね」

「……それは…」

クラウスが自分に好意を抱いていることは知っている。

だが、それに気持ちで答えることを考えてはいなかった晴己は言葉に詰まった。

そんな晴己をクラウスは決して追い詰めようとはしない。

「今すぐにというわけじゃない。時間をかけて、君の気持ちが動けばいいと思っているよ」

優しい言葉だった。しかし、今の晴己にとって、その言葉は罪悪感を煽るものでしかない。

散々援助をさせておいて、何も返すことができない申し訳なさで、晴己は動くことさえままならず、思い詰めた瞳でクラウスを見た。

その眼差しに、クラウスは苦笑する。

「だが、ここまで覚悟を決めている君を前に、何もせず、というのはかえって失礼なんだろうな。この前のように……」

クラウスはそう言って立ち上がると、晴己に歩み寄った。

そして、そっと顎の下に手を添え、上向かせると静かに晴己の唇に己のそれを重ねる。

微かに震える晴己の唇を割って入り込んできたクラウスの舌が、ゆっくりと口腔を舐めていく。

その感触に晴己の背中をぞくりと寒気にも似た間隔が這い上った。

「ん……っ…」

意識しない声が漏れる。その声は酷く甘くて、それが自分の声だと思うと酷く恥ずかしかった。

だが、恥ずかしいと思う余裕も深くなる口づけが奪い去り、晴己の体から少しずつ力が抜ける。

足元が不確かになり、クラウスの背に縋るように手を回したその時、クラウスの手が晴己の下肢へと伸び、ズボン越しに自身へと触れた。

「……っ…」

その瞬間、晴己は反射的に逃げるように体を捻《ひね》ってしまっていた。

「あ……」

勢いで唇が離れ、晴己の唇から戸惑いと後悔が入り交じるような声が漏れる。咄嗟《とっさ》に自分の取った行動に、晴己は恐る恐るクラウスを見た。

クラウスはそんな晴己に優しい苦笑を浮かべる。

「無理はしないほうがいい」

「……大丈夫です、今のは驚いただけですから…」

そう言って頑張ろうとする晴己に、クラウスは苦笑を深める。

「君のそういう律義さはいとおしい限りだが、無理はいけない。それに、私は芸術家としての君のことも買っているんだ。どうしても礼をしないと気が済まないというのなら、今度ここで私だけのために舞って見せてくれ」

クラウスの出した条件は、確かに晴己にとっては楽なものだ。

だが、それはクラウスが『どうしても何かしなくてはならない』と思っている晴己のことを慮《おもんぱか》って出しただけのもので、クラウスが本心から望んでいるものではない。

クラウスが本当に望んでいるのは――。

――恋人になってほしい――

さっきのクラウスの言葉が晴己の脳裏に鮮やかに蘇った。

恋人。

その言葉の意味する甘やかな雰囲気を、晴己は受け入れることができない。

もともと、晴己は恋愛下手だ。

学生時代も日舞の稽古が中心になってしまう生活の晴己は、交際しても長続きがしなかった。

たいてい、おもしろくない、と言って女の子の方が先に別れ話を切り出してくるのだ。

就職してからはそれこそ、休日は稽古ばかりで、晴己自身好きな日舞を舞っていれば、たとえ舞台があろうとなかろうと充実感も得られていたので、恋人がほしい、というような気持ちにはあまりならなかった。

そういう生活が長いせいか、つい『恋人』などと言われると必要以上に身構えてしまう。

「今夜はもう遅い。帰った方がいい」

押し黙ったまま、動くことさえできない晴己にクラウスはそう言った。

それに晴己は、返事をすることもできずただクラウスを見る。その晴己に薄く笑い、

「それとも、今からここで踊ってくれるか？」

晴己が帰ることを選択しやすいように、明るい声でクラウスは言った。

その声に晴己はクラウスから目を反らし、掠れたささやかな声で、帰ります、と告げる。

「ここへは、自分の車で？」

「はい」

「なら、今日は車の手配はしないでおくよ。気をつけてお帰り」

まるで幼い子供に言うような優しい口調でクラウスは言った。そのクラウスに背を向け、晴己はドアへと向かう。

「おやすみ」

後ろからかけられたクラウスの声に、晴己は返事をせず、部屋を後にした。

廊下をエレベーターホールへと向かって歩きながら、晴己は混乱しきった頭をどうもできないでいた。

ずっと『愛人』として、見られてるのだとそう思っていた。

体が目当てなのだろう、と。

だが、全然違っていた。

クラウスが自分に向けてくれていたのは純粋な『好意』だった。

それを勘違いして受け取った自分。

それだけでも恥ずかしくて仕方がないのに、自分で『抱けばいい』などと言っておいて、結局はそれさえできなかった。

もちろん、クラウスに抱かれたかったわけではない。

そうならずに済んだことは喜ぶべきことなのだが、クラウスには、恩義を感じている。

どういう形であれ、受けた恩は返さなくてはならない。

そう思っているのに、結局何もできない不甲斐なさに晴己は打ちのめされたような気分だった。

エレベーターはちょうど、上の階へ人を運んだ所だったらしく、晴己がボタンを押すとすぐに空の箱が下りてきた。

一人しかいないその箱の中で、重力が狂うような独特の感触を感じながら晴己は小さくため息をついた。

頭の中がこんがらがって、何も考えたくない。

まともに考えられる状態ではないし、考えたところで何の答えも出はしない。

そう分かっているのに、脳は考えることをやめようとしなかった。

考え疲れてしまわなければ休めないのかもしれない。

晴己がそんなことを考えている間にエレベーターはロビーへと到着した。

重い足取りでエレベーターを降り、エントランスへ向かってロビーを横切っていた時、

「晴己くんじゃないですか」

不意に声をかけられ、晴己は足を止めると声のした方を見た。

そして、そこにいた和服の男に晴己は眉を寄せる。

そこにいたのは、かつて桃井で師範代をしていた——そして、他の師範代たちを扇動して鵬元流を立ち上げた野川が立っていた。

「野川さん……」

「奇遇ですね、こんなところで会うなんて」

薄い笑みを浮かべながら野川は歩み寄って来た。

野川はもともと地方支部の師範代が開いている教室で踊りを学び、大学生になって上京したの

を機に桃井本家の稽古場に来るようになった。

確か恭子の一つ下で、家元である父も野川の才能は認めていた。

当時中学生だった晴己は、稽古で恭子と衝突した時などは時々、野川に稽古を見てもらったりもしていた。

他の師範代はみんな恭子寄りで、ただでさえケンカでヘコんでいるのに追い打ちをかけるように『あやまった方がいいですよ』などと注進してくるのが常だったが、野川は他の教室から来たということもあって、恭子寄りではなく、晴己にうるさく言ったりはしなかった。

懐いている、というほどではなかったが、最初のころは比較的仲はよかったと思う。

だが、少しずつ野川と一緒にいるのが苦痛に思えてきた。

「目が、悪いんですか？　以前はメガネをかけていらっしゃらなかったでしょう？」

少し目を細め、晴己の姿を舐めるような視線で見つめる。

その目が、苦手だったからだ。

稽古をしていても、いつもじっと見つめていた。

少しずつ、稽古の時間や曜日をずらして、高校生になった頃には週に一度、顔を見るかどうかという程度だった。

その頃から、恭子と野川との間に小さな諍《いさか》いが繰り返されるようになり――野川は一旦本家の教室から離れ、新しく作った稽古場の責任者として出向くことになった。

それをきっかけにして野川は鵬元を立ち上げる計画を練り始めたのだろう。

三年をかけて根回しをし、そして、あの裏切りとしか言えない、半数以上の師範代と生徒を引き連れての離脱を起こしたのだ。

「晴己くん？」

返事もせず、ただじっと野川を見ていた晴己に、野川は穏やかだがどこか纏《まと》わり付くような声で晴己の名を呼ぶ。

それに晴己は軽く一度瞬きをしてから、口を開いた。

「就職してから、少し目を悪くしてそれからです。もう六年もお会いしていませんから、いろいろと私も変わりましたよ」

派手に宣伝をしている鵬元流のことは嫌でも耳にすることはあるし、それに付随して野川の名を聞くことも多い。

だが、こうして顔を合わせるのは六年ぶりだった。

「もう、そんなになりますか。忙しいと、時間の経つのはあっと言う間で、まだ二、三年前かと思っていましたよ。特に今は、公演準備もあって、今夜も彼らと打ち合わせです」

野川はそう言って、少し離れた場所でこちらを見ている四、五人ほどの男女へとちらりと目をやった。

そこにいたのは、かつて桃井にいた鵬元の師範代たちだった。

晴己と視線が会うと、にやにやと笑う者もいればバツが悪そうに視線を逸らす者などさまざまだったが、どの態度も晴己の神経を逆撫でした。

「そう言えば、桃井は大変なようですね。公演が近いと伺っていたんですがキャンセルなさったとか」

野川が相変わらずの笑みを浮かべて言う。それに晴己は噛み付いた。

「白々しいことを言わないでください。あなたが裏で手を回したんじゃないんですか？」

その言葉に、野川はおおげさに首を傾げてみせた。

「これは、意外な事をおっしゃいますね。ああ、もしかして疑っていらっしゃるんですか？　桃井が使う予定だった会場を、キャンセル後に私たちが押さえたから。それならとんでもない誤解ですよ。うちは、別の日程で考えていたんです。ただ、会場がキャンセルになったと聞いて、急遽日程を変更して会場をお借りしただけで……。私たちも、演りなれた会場の方がいろいろといいですからね」

のらりくらりと野川は言い逃れる。

それに反論できるような証拠を晴己は持ち合わせてはいない。鵬元の仕業じゃないか、というのはあくまでも噂と思い込みでしかないのだ。

「私も楽しみにしていたんですよ。晴己くんが、『花鶯』を襲名されてから初めての大きな舞台ですからね。それにしても『花鶯』なんて大きな名跡を襲名したのに、襲名公演をなさらなかったとは……まったく残念ですよ。今も、ろくに舞台に立っていらっしゃらない。これほどの舞踊家を飼い殺しとは、桃井では何を考えていらっしゃるのか」

野川は本当に惜しむようにそう言う。

「舞台に立たないのは私の意志です。今はサラリーマンをしているものですから。サラリーマンの兼業規定は結構厳しいんですよ。……舞踊の世界しかご存じない野川さんにはお分かりにならないかも知れませんが」

せいいっぱいの皮肉で晴己は返した。

だが、それに野川は哀れむような目を見せる。

「そんな風に強がらないで下さい」

野川はそう言うと不意に晴己の肩を抱いた。その瞬間、晴己の体がサァッと鳥肌になる。

しかし、そんな晴己の様子になど気づかず、小さな声で囁くように野川は言った。

「晴己くんの舞踊家としての才能は誰もが知っています。桃井の看板である恭子さんは無理ですが、晴己くん、君だけならうちへ迎え入れてもいい。そうすればサラリーマンなんかをしてあくせく働かなくても、うちで好きなだけ踊っていられますよ」

息が耳にかかる。その感触に晴己はぞっとした。

「……離して、下さい……」

沸き起こる嫌悪感に震える声で晴己がそう告げた時、

『ミスター三浦』

後ろから英語で呼ばれ、それを機に晴己は野川から離れ振り向いた。

そこにいたのはクラウスだった。クラウスはゆったりとした足取りで晴己へと近づいて来る。

『よかった、まだここにいたんだな』

「社長……」

どうして追って来たのか、そしてなぜわざわざ英語で話しかけるのかが分からなくて、晴己は呆然とクラウスを見る。

だが、クラウスは野川へと視線を向け、聞いた。

『君の知り合いか』

『……昔、うちで師範代をしていた人です』

晴己がそこまで言うと、不意にクラウスは晴己の腰を抱き、野川に言った。

『お話の途中で申し訳ありませんが、急な用件が彼に入ったものですから、失礼させていただきます』

野川は英語は不得手らしく、何を言われたのか分からない様子で晴己を見た。

それに晴己は会社にいる時のような事務的な表情と口調で言った。

「どうやら、海外の支社で何かあったようです。これで失礼させていただきます」

そう言ってから視線をクラウスへと向ける。

『社長、急ぎましょう』

それにクラウスは頷き、今来たロビーを再びエレベーターホールへと晴己を伴い戻って行った。

そして、ちょうど止まっていたエレベーターに乗り、再び自分の部屋の階のボタンを押す。

ほどなくして扉が閉まり、エレベーターが動き始めると、クラウスは晴己の腰に回していた手を離した。

「すまなかったな」

恐らく必要以上に体を近づけたことへの謝罪だということは晴己にも分かった。

「いえ…、助かりました。あまり長く一緒にいたい相手ではありませんでしたから。ありがとうございます」

晴己が素直に礼を言うと、クラウスは薄く笑った。

「遠目でも、君が嫌がってる様子なのは分かったよ。だからわざわざ英語で話しかけた」

「ご明察です。でも、どうしてロビーへ？」

偶然だったのだろうかとも思うが、それではあまりにタイミングがよすぎる。晴己のその問いに、クラウスはズボンのポケットから何かを取り出し、それを晴己の前に差し出した。

「ネクタイピン。落としていっただろう？」

「あ……」

さっき、乱暴にネクタイを引きほどいた時、ネクタイピンが飛んだことを思い出した。だが、帰る時にはいろいろパニックで、すっかり忘れていたのだ。

「明日、会社で渡してもよかったが、間に合うならと思って追いかけて行ったんだ。いろいろタイミングがよくてよかった」

クラウスがそう言った時、エレベーターが階に到着した。

そこで一旦エレベーターを降りたが、晴己はこの後自分がどうするべきか悩んだ。

すぐ下に戻ったら、まだ野川がいるかも知れない。

かと言ってクラウスの部屋に戻ることもためらわれた。

悩んでいる晴己の気配をクラウスはすぐに察したらしい。

「私の部屋で二、三十分時間を潰してから出て行けばいい。私はゲオルクに用があるから一時間ほど部屋には戻らない」

そう言って、クラウスは部屋の前まで行ってカギを開け、晴己を室内に入るよう促した。

「いろいろと、すみません」

晴己がそう言うと、クラウスはただ笑みを浮かべドアを閉める。

そして、一人になった部屋で晴己は小さく息を履いた。

まさか、こんなところで野川に会うなんて思ってもいなかった。

もともと得意な相手ではなかったが、しばらく会わないでいるうちに――恐らくは桃井の件で悪感情が自分の中に宿っているからそう感じる、ということもあるのだろうが――随分と不快な男になっていた。

だが、今日会って分かったことが一つある。

以前から野川が自分を見つめる目には某《なにがし》かの不快感を感じてはいたが、その不快感が何を理由にしているものか、だ。

それは、性的なものだった。

男が男を性的な意味で意識する、ということは当時の晴己は思いつかず、とにかく嫌で避け始めて以降は、理由を考えることすらしなかった。

今にして思えば、稽古の最中に必要以上に体に触れられたような気もするし、そういう目で自分のことを見ていたのかもしれない。

——でも、正直、気持ち悪い……。

そう思った次の瞬間、晴己の脳裏にクラウスとのことが蘇った。

クラウスとは、平気だった。

少なくとも、気持ち悪さを感じたことはない。

野川もクラウスも、おそらくは自分を似たような意味を持って見ているのに、感じ方に差があるのはなぜなんだろう。

見た目の問題だろうか、とも思ったが、野川の外見はかなりいい方だと思う。

だから、見た目だけでここまで差が出るとは思えない。

——じゃあ、それ以外に何？

そんなことを考え始めた自分に、晴己は慌てた。

「気持ち悪いとかいいとか、そんな理由、考えてどうしようっていうんだよ、俺」

小さく呟いて、思考を断ち切り、時計を見た。

時計の針は九時を少し回った所だった。

——十五分になったら、出て行こう……。

胸の中でそう呟いて、晴己はそれ以降、別のことを考え続けた。

5

床に伏し、最後のポーズで踊り終えた時、稽古場の出入り口の方から拍手が聞こえた。それに顔を上げると、そこには恭子がいた。

「なかなか順調なんじゃない？」

笑みを浮かべながら、恭子はゆっくりと稽古場の中へと入って来た。

「いつから見てたの？」

「『我は泪に乾く間も』からよ」

「うっそ、そんなとこから？」

鷺娘は三十分ほどの作品で、恭子が言った箇所はまだ最初の方だ。

「あんたって、相変わらず踊り始めると周囲が見えなくなるタイプね。父さんがよく言ってたわ、私とは違うタイプの芸の虫だって」

恭子は笑いながらそう言い、それから手に持っていた冊子を取り出した。

「ほら、今度の講演のパンフレットの見本刷、上がってきたわよ」

差し出されたパンフレットはＡ４サイズで、トレーシングペーパーの向こうにカラーの表紙が透けて見える作りだ。

暗い舞台の上、スポットライトに照らし出される和傘を持った白い着物の後ろ姿。紙吹雪が雪のように舞う、幻想的なその写真は、鷺娘の最初のシーンだ。

「うわ、なんか恥ずかしい……」

表紙を飾っている自分の姿に、晴己は照れを覚えて少し眉を寄せる。

「後ろ姿くらいで照れてないのよ。でも、凄く雰囲気いいわよね。迷ったけど、表紙をこっちにして正解だったわ。ほら、中表紙の私も見てよ、綺麗でしょ？」

恭子は楽しそうに中表紙を見せる。

中表紙は恭子が演じる『京鹿子娘道成寺』の白拍子がいる。それも一番最初の、赤い着物姿だ。

「こっちが表紙でもよかったんじゃないの？」

華やかさという点では中表紙を飾る恭子の写真の方が上だ。だが、恭子は首を横に振った。

「分かってないわね。表はしっとりと落ち着いてシックにしておいた方が、中の私が映えるじゃない？」

「そりゃ、まぁ確かにそうだけど……」

「納得したわね。じゃあ、次のページね」

順番に恭子はページを繰っていく。

今回の公演のパンフレットは、すべてがカラーだ。そして、英語訳もついている。

『今回の公演の件でお世話になった大使が、いろんな所で公演の話をされたらしくて、各国の大使館関係の方がぜひ見たいとおっしゃっているらしいんですよ。それで、できればパンフレットに英語訳をつけたいのですが』

クラウスのその言葉から、結局、使い回そうとしていたパンフレットも一応当日に配るが、それとは別にもう一冊作ることになったのだ。

そのためにスタジオを借りてプロのカメラマンに撮影を頼んだ。

パンフレットの編集作業も、イベント会社がすべて請け負ってくれ、仕上がってきたものは今までのものとは比べ物にならないほどのできだった。

「今まで、公演ってほとんどうちの人間だけでやってきたじゃない？　でも、今回プロに頼んで分かったけど、やっぱりその道の専門の人は違うわよね。段取りもいいし、勉強になったわ」

恭子は感嘆交じりにそう言った。そして、それは恭子の言う通りだった。

チケットやポスター、パンフレットの手配に、宣伝の仕方。すべてが短時間で完璧と言っていい状態で行われ、会場の手配でのもたつきなどなかったかのように順調だ。

それだけ優秀なスタッフを揃えて仕事をしてくれているということなのだと思うのだが、それらの費用のすべてがクラウスから出ているのだと思うと、心苦しい。

あの日から、クラウスに今回の件に関して礼を言おうと思っているのだが、どうしても言い出せないでいた。

会社ではどうしてもそういう話をする機会がないし、何より晴己は社長室でクラウスと二人きりになると必要以上にクラウスを意識してしまうようになってしまっていた。

クラウスは自分の事が好きだという。

だから、援助するのだと。

それに対する見返りは、クラウスのことを好きになることなのだということくらい分かっているが、晴己は自分の気持ちを計り兼ねていた。

決して嫌いではない。

だが、好きかと言われると、よく分からない。

キスは、嫌じゃなかった。

野川には肩を抱かれただけで体中に鳥肌が立ったのに。

「はぁ……」

「何よ、そのため息。何か不満なわけ？」

晴己はつい恭子がいることを忘れてため息をついていた。それを即座に問われ、晴己は慌てた。

「違うよ、不満なんかないって」

「じゃあ、何なのよ」

「何ってその……荷が重いなって思って。ほら、今回、俺、トリじゃん。よっぽどうまくやんなきゃなって思うとさ……」

ごまかすために言ったが、それは実際に今の晴己のプレッシャーになっていることでもあった。

今度の公演は二幕構成で、一幕は恭子が『京鹿子娘道成寺』を、二幕の前半部を三人の師範代が『妹背山道行』を演じる。そして、最後を飾るのが晴己の『鷺娘』なのだ。

本来なら次期家元である恭子がトリを飾るべきなのだが『花鶯の正式なお披露目でもあるんだから、トリはあんたが務めなさい』と言う恭子の言葉は、賛同した両親によって決定的なものとなってしまったのだった。

「何を心配してんのよ。あんたなら大丈夫よ。順調に仕上がってるじゃない」

「順調……なのかな」

晴己は呟くように言った。

『鷺娘』は大好きで、何度もやってきた演目だ。昔は夢中で踊れていたのに、今回はトリというプレッシャーがあるせいか、今いち何か納得のできない部分がある。

所作一つにしても気になって、昔はどうして何も考えずに踊れていたんだろうと思うくらいだ。

その晴己に、恭子は、

「技術的な面は、言うことはないわ。細かな部分は、今度父さんが直してくれると思うし……。アドバイスするとすれば、あんたの『鷺娘』は確かに苦しく悶えてはいるけれど、それが『恋しさゆえ』じゃないってことかしらね」

そう言った。

「『恋しさゆえ』じゃない？」

「恋をしてないってこと。誰か好きな人のことを思って舞ってみなさい。少しは何か違ってくるかもよ」

「好きな、人……」

恭子に言われ、頭を巡らした時、最初に浮かんだのはなぜかクラウスだった。

「……っ…ないないないない、いやいやいや、無理無理無理無理っ！」

晴己は慌てて脳裏からクラウスをかき消す。

その晴己の慌てっぷりに恭子は冷ややかな視線を向けると、

「恋愛経験の乏しさがここにきて足を引っ張ってるって感じかしらね、あんたの場合。どっちにしろ、あんたは寝食忘れて没頭しちゃう性質《たち》だから、限度ってもんを越えないようにしなさいよ」

そう言い残し、稽古場を後にした。

だが、一人になった稽古場で、晴己は長い間動揺から立ち直れないでいたのだった。

◇◆◇

数日後、ゲオルクに言われた書類を社長室へ届けに来た晴己は、クラウスが目を通し終えるのを待ってから、聞いた。

「社長、少しいいですか?」

もともと晴己からクラウスに声をかけることは珍しい。それにもまして、あの一件以来、なんとなく気まずい雰囲気があって晴己は話しかけられることさえ拒むような気配を見せていたのだ。

「何かあったのか?」

クラウスはゆったりと背もたれに体を預け、晴己を見る。

その眼差しから晴己は軽く目を逸らし、いつものような事務的な口調を装い、聞いた。

「いつ、社長のもとに伺えばよろしいですか?」

「私の所に？　どういうことだ？」

晴己が何のことを言っているのか分からなくて、クラウスは問い返す。

「社長の部屋で、舞うようにと先日……」

そう言われ、クラウスはようやくこの前のことを思い出した。

援助の見返りにと自分から体を差し出しておきながら、結局はできなくて、申し訳のなさに立ち尽くしていた晴己に、クラウスは自分のためだけに舞って欲しいと言った。

晴己の舞う姿に一目惚れをしたクラウスだが、あの時はあくまでもどうしていいか分からない様子の晴己を、とりあえず帰らせるために言っただけに過ぎない。

本人もそう捉えているだろうと思っていたのだが、思った以上に晴己は律義な性格のようだ。

「ああ、確かにそうだったな」

「まだ稽古の途中で、完全というわけではありませんが……とりあえず姉からは及第点をいただけましたので、社長のご都合のいい時にと思いますが」

晴己の言葉にクラウスは机の上に置いていた手帳を手に取り、スケジュールを確認した。

「……そうだな、土曜の昼食は約束があるがその後なら空いている。君の都合は？」

「大丈夫です。では……そうですね、夕刻、五時頃ではいかがですか？」

「分かった。楽しみに待っているよ」

クラウスはそう言ってスケジュール帳を閉じる。

「では、これで失礼します」

小さく頭を下げ、晴己は社長室を出て行った。

晴己が援助の件に関して随分と良心の呵責を抱いているらしいことはよく分かる。

『芸術に対する援助』は企業家としてはある程度当たり前のことだと言ったのだが、晴己の中では割り切れないものがあるのだろう。

もっとも、六年前、出資を条件に晴己を自分のものにしようと——正確な意味合いは伝わっていなかったのだが——したことが、余計に晴己の気持ちを混乱させているのかもしれない。

ああいった出会い方をしていなければ、もっと違っていただろうか？

ふとそんなことを思ったが、あの状況にならなければ晴己はドイツには来なかった。おそらく一生、出会うことはなかっただろう。

そう考えると、出会い方としてはいろいろと考えるべき部分はあるが、最悪な事態に至ってはいない。

「まぁ、時間はたっぷりある。六年待ったんだ……いずれ私のものになってもらうんだから、あと少し待たされたところでたいしたことはない」

口元に笑みを浮かべ、クラウスは呟く。

だが、その前に害を成しそうな虫への対策を考えておいた方がいいだろう。

クラウスは机の上の電話に手を伸ばすと、受話器を取り内線でゲオルクを呼んだ。

用件を告げれば、きっと『ビジネス以外で私を使うんですか』と厭味の一つも言われるだろうが、根っからの策士気質なゲオルクのことだ、恩を売るポーズはしっかりつけつつもこなしてくれるだろう。

そんな風に考えながら、クラウスはゲオルクが来るのを待った。

◇◆◇

土曜、晴己は約束通りにクラウスの部屋に来ていた。

『鷺娘』は途中で何度か衣装を替える演目である。だが、それは手伝う裏方がいてこそで、今日は一人のため、登場の時に使う白い着物一枚で全部を通すことにした。

同じ理由で鬘《かつら》もなしで、鬘もないなら化粧だけをしても不自然なので、本当に稽古とほとんど変わらないような状態での舞いだったが、それでもクラウスは納得をしてくれた。

ジュニアスイートの、リビング側を客席に、ベッドルーム側を舞台に見立てて、間を仕切る引き戸を開け放し、晴己は舞った。

そして、床の上に倒れ伏すようにして舞い終えた晴己は、クラウスの反応がまったくないことに気づいた。

――やっぱり、衣装も鬘も化粧もないまんまじゃ、おもしろくもなんともないよな……。

背筋をゾクッと冷たいものが走った次の瞬間、

「ブラヴォ……」

感嘆したようなクラウスの声とともに拍手が聞こえてきた。

それに、晴己がゆっくりと顔を上げると、クラウスが手を叩きながら晴己のもとへと歩み寄って来ていた。

「あまりに素晴らしくて、しばらく身動きができなかったよ」

そう言いながら、座り込んだままの晴己に手を差し出す。

そのクラウスの顔は満足そうで、お世辞だけで言ってくれているわけではないらしいことが分かる。

「ありがとうございます……」

少しほっとした気持ちで言いながら、晴己は差し出された手に掴まり立ち上がろうとした。

だが半分ほど腰を上げたところでよろけてしまい、それをクラウスに抱きとめられる。

「大丈夫か？」

「ええ……大丈夫です。少しよろけただけですから」

「とりあえず、そこに座りなさい」

クラウスに促されるまま、背後にあったベッドに晴己は腰を下ろした。

「優雅に見えるが、やはり疲れるものなんだろうな」

心配そうに言ったクラウスに、晴己は苦笑する。

「いえ、普段はそうでもありません。ただ、このところ少し根を詰めて稽古をしていたので疲れがたまっていただけです」

『あんたは寝食忘れて没頭しちゃう性質だから』と恭子に心配されていたが、実際、その通りになってしまっていた。

特に昨夜は、今日クラウスに舞を見せるのだと思うと、いろんなところが気になって、もう少しだけ、もう少しだけ、と思ううちに稽古場で夜明かしをしてしまっていた。

ここに来る前に少し仮眠を取ったが、それだけでは当然疲れが取れるわけがなかった。

それでも、舞ってる最中は神経が張り詰めているのか、よろけたりすることは一切なかった。

「今日だけでも素晴らしいのに、これで舞台の上で衣装や鬘をつけて舞う君はどんななんだろうね。考えるだけで、恐ろしく思えるほど楽しみだ」

絶賛してくれるクラウスに、晴己は安堵をしながら、ただありがとうございます、とだけ返す。

もっといろいろと言葉を返せればいいのだが、踊り終えた安堵感と疲労感とで、言葉がうまく浮かんでこない。それがもどかしいのだが、クラウスもある程度は察してくれているらしく、満足そうだった。

「少し休んだら、食事でも……」

クラウスがそう言った時、机の上に置いてあったクラウスの携帯電話が鳴った。

それにクラウスは小さく肩を竦めると、少し失礼するよ、と言って電話を取りに向かう。

電話を受けたクラウスがドイツ語で応対をしているから、相手がどうやらドイツ語圏の人間らしいことだけは分かったが、何を喋っているのかなどはまったくちんぷんかんぷんだ。

もちろん聞き耳を立てるつもりもないのだが、疲れている時に分からない言葉が耳に流れ込んで来ると、少しずつ意識が閉じていくような気がする。

特に仮眠程度しか取っていない現状では厳しかった。

行儀が悪いと思いつつも、晴己は襲いくる倦怠感に勝てず、体を少し横たえる。

寝るつもりはなく、少しの間目を閉じているだけのつもりでいた。

だが、まるで吸い込まれるように眠りに落ちていたらしい。

間近で何かが動いた気配に、意識がゆっくりと浮上し、晴己は薄く目を開けた。

目に最初に見えたのは、クラウスの姿だった。

「起こしたか、すまない」

静かで穏やかな声が告げる。

「何を……なさってたんですか？」

まだ眠たくて、目を長く開けているのがつらく、晴己は軽く目を閉じ、聞いた。

「よく眠っていると思って、君の寝顔を見ていただけだ」

その声に再び晴己は目を開ける。

どうやらクラウスはベッドのかたわらに膝をつき、自分を見ていたらしい。

今も、じっと晴己を見ている。

その眼差しは穏やかだが、ただ穏やかなだけではないようにも見えた。

「……いっそ、手を出してくれたほうがすっきりするんですが」

思考力が低下しきっている状態だからか、晴己はついうっかり思ったままを言葉にしていた。

それに、クラウスの表情が戸惑いに彩られる。

「市花……急にどうしたんだ？」

問い返すクラウスの言葉に、晴己はもう体裁を整えて話すのが面倒でありのままを言葉にした。

「姉にね『おまえの鷺娘は恋をしてない』みたいなことを言われたんですよ。それで、誰か好きな人のことを考えて舞ってみたらどうかって言われて……最初に、あなたの顔が浮かびました」

「市花……」

不意の言葉に、クラウスはますます戸惑いを深める。

だが、それを気にせず、晴己は言葉を続けた。

「この前、下のロビーで俺に絡んで来た人、いるでしょう？」

「ああ。もともと桃井にいたっていう」

「あの人ね、多分俺のこと好きだったんですよ。今思えば、ですけれど。なんかやらしい目で見られてたし、稽古の時とか必要以上に触られたりしたし。でも正直、気持ち悪くて、この前も肩抱かれただけで全身寒イボ出ちゃって……。まぁ、当然の反応っていえば当然なんでしょうけど」

そこまで言って晴己は言葉を切り、少し笑みを浮かべた。

「けれど、あなたには違うみたいだ……。少なくとも気持ちが悪いとは思わなくて、この差は何なんだろうって考えたりしたんですけれど……あなたを好きなのかも知れませんね」

晴己が口にした言葉に、クラウスは息を呑んだ。

「そう考えるのが一番妥当な気がします」

「市花、君は自分が今何を言っているのか理解できているのか？」

困惑しきった顔でクラウスが問うのに、晴己は頷いた。

「確証は持てませんが、大体は」

そう、自分の気持ちに確証が持てない。

だから、分からないのだ。自分がクラウスに対して抱いている感情が、恋愛をもとにしたものなのか、それともこれまでの援助に対する引け目から来るものなのか。

「無防備な顔でそんなことを言って、私の理性を試しているのか？」

何か苦い物を口にしたような表情でクラウスが言う。

だが、それにさえ晴己はさらりと言った。

「試したいのは、あなたの理性ではなくて、俺自身の気持ちです」

「つまり、リトマス試験紙の役割を私にさせようということか」

「そういう身も蓋《ふた》も無い言い方をされると非常に困るんですが……意味的にはそうかも知れません。それに、多少の良心の呵責も感じてはいるんですよ。一億の足かせは、いささか重すぎるものですから」

返ってきた言葉にクラウスはため息をついた。

「気にするなと言ったところで無理なんだろうな。……実験途中での中止は聞かないぞ。それでもいいか？」

おどけたような口調だったが、クラウスの目は真剣だった。

それに晴己が頷き、ええ、と静かな、けれどはっきりとした声で返すと、クラウスは立ち上がり、ベッドへ上がった。

「市花……」

甘い声で名前を囁かれ、晴己の胸が小さく跳ねる。

もうすでに『市花』ではないのに、クラウスにその名で呼ばれると昔のことを思い出してしまうからか、いつも心臓がどきどきした。

けれど、嫌な感じはしない。

クラウスのアイスブルーの瞳が優しく自分を見つめ、そしてゆっくりと近づいてくる。

晴己が軽く目を閉じると優しく唇が重なり、口腔に舌が入り込んできた。

口蓋を舐めたかと思えば、晴己の舌へと絡めて甘く吸い上げたり、まるで遊ぶような口づけに晴己が反応をし返すと、さらに口づけは深くなった。

その口づけの中、クラウスの手が着物の合わせへと伸び、その間からそっと胸へと伸びる。

「ん……っ…う」

直に肌に触れる手の感触に晴己の唇から戸惑いの交ざった声が漏れたが、クラウスの手が止まることはなかった。

肌の上を滑る指先が、薄い胸の上で唯一存在を主張するささやかな尖りを捕らえ、ひっかけるようにして触れてくる。

最初はくすぐったい、というだけの感覚でしかなかったのに、そのうち淫らな熱が体をゆっくくりと駆け巡り始め、晴己は徐々に意識を溶かされていった。

だが、クラウスは中途半端に晴己を煽ると不意に体を離した。

「……どう、したんです…か？」

クラウスの行動の意味が分からなくて、晴己は悦楽に潤んだ瞳でクラウスを見上げながら問う。

無意識のうちに、クラウスを拒むような行動を取ってしまったのだろうかと、小さな不安が脳裏に浮かんだが、それはクラウスがすぐに否定した。

「まだ理性を保っているうちに、服を脱いでおいた方がいいと思っただけだ。君の着物も、汚れてしまうかもしれないだろう？」

その言葉に、晴己は六年前のことを思い出した。

あのとき、クラウスは最後になってようやく服を脱いで……。

そう思っただけで晴己はあの後の怖いほどの悦楽を思い出し、肌が羞恥に粟立った。

そんな晴己に薄い笑みを浮かべると、クラウスは自分のシャツに手をかけボタンを外し始める。

それを目にした晴己は、クラウスから視線を逸らして一度体を起こすと帯を解いて着物を脱ぎ、脱いだ着物をベッドの下へと落とした。

そして、下着をどうしようかと悩みながら手をかけようとした時、クラウスの手がそっと晴己の下着へと伸びた。

「脱がせる楽しみ、というのもあるんだよ」

薄い笑みを浮かべて言ったクラウスは、身震いがするほど雄の艶のようなものを放っていた。

それに当てられたかのように、晴己は身動き一つすることができず、クラウスにされるがままになるしかなかった。

簡単に下着を取り払われ、隠すものが何もなくなった体の上にクラウスが覆い被さるようにして体を重ねてくる。

直に触れる肌の感触だけでも、晴己は心臓が胸を突き破ってしまいそうなほど鼓動を高鳴らせた。

「怖いのか？」

体が重なっているから、晴己の鼓動が早くなっていることもクラウスには分かっていた。

「怖いわけじゃないです……。ただ、緊張して」

晴己はそう言うとクラウスから視線を逸らせる。

クラウスはそんな晴己の額に小さく口づけると、

「すぐ、何も分からないくらいにしてやる……。六年前のように」

そう囁き、手を下肢へと伸ばした。

「ぁ……」

クラウスの手が晴己自身を柔らかく包み込む。そして、ゆるやかな動きで愛撫を与え始めた。

「……っ…あ、あ…ぁ」

腰から這い上がってくる悦楽に晴己の唇から甘い声が上がる。

クラウスの手の中で急速に熱を孕んだ晴己は、あっと言う間に先端から蜜を滴らせた。

それを塗り込めるようにして動くクラウスの指は淫らさを増し、晴己は沸き起こる快感に、逃げようとでもするように膝を立てる。

だが、そうしたことで、意図せずクラウスの体を挟み込むような形になってしまい、晴己はさらに追い込まれた。

「……っ…あ、あ」

「積極的で、嬉しい限りだな」

クラウスの笑みを含んだ声が甘く耳元でささやく。それに羞恥を煽られるのと同時にクラウスの指先が、蜜を零す先端の窪みを擦り立てた。

「や……っ…、そん……強く…しな…っ」

もっとも弱い場所に与えられる刺激に、晴己の腰がもがくように揺れる。

「でも、気持ちがいいだろう？　こんなに蜜を漏らして……」

「ん……っ…ぁ、あっ、ダメ…待っ……もう…」

「気持ちがいいなら、いけばいい。ほら、全部出して」

耳殻を甘く噛み、その痛みを理解するより先にねっとりと舌を這わされる。

晴己自身の先端だけを嬲っていた手が、全てを握り込むようにしてきて、そのまま強く扱き上げた。

「ひ……っ…あ、あ、出……っ…あ、あ、ああっ」

悲鳴にも似た声を上げながら、晴己は追い上げられるまま蜜を放った。

放つ最中でさえクラウスの指の動きは止まらず、晴己から一滴残らず絞り取ると、しとどに濡れた指を後ろへと伸ばした。

そして行き着いたその先で、ゆるく円を描くようにして嬲る。

「……っ…社…長……」

「ここでも気持ちよくなれることは、知ってるだろう？　安心して、無理にはしない。ゆっくりと、柔らかくなるまでちゃんと慣らしてからだ」

クラウスの言葉は『説明』でしかないはずなのに、晴己の体は六年前に受けた愛撫を思い出してしまったかのように、触れられている蕾を震わせた。

その反応に、クラウスは小さな笑みを漏らす。

「可愛い反応をしてくれるんだな……。それとも、ここを触れられるのには慣れてるのかな……？　誰かに、触らせた？」

「そんなわけない……っ」

からかうようなクラウスの言葉に、晴己はきつく眉を寄せて即座に否定する。

「じゃあ、自分では？」

さらに問い重ねられた言葉にも、晴己は頭を横に振った。

「そんなところ……触ったりなんか…、あ、や……っ」

クラウスの指が、ゆっくりと体の中へと入ってくる。

「なら、ここを知っているのは私だけ、ということか……。嬉しい限りだな」

「ぁ……っ、あ…、待って……そこは…っ……」

体を走り抜けた感覚に、晴己は声を詰まらせた。

「物覚えがいいな……。そう、ここが君の好きだったところだ」

中の指が、同じ場所をゆっくりと擦り上げるたびにどうしようもない快感が体を走り抜けてしまう。

「ん……っ…く、……ふ…、ぅ…う」

上がりそうになる声が恥ずかしくて、晴己は手で口を押さえ、声を殺そうとした。

だが、それをクラウスは許してはくれなかった。

「声を、聞かせてくれないか……。そうじゃないと、無理強いをしている気分になる」

そう言いながら、もう片方の手で晴己の手を優しい仕草で口から離させる。そして声を殺すために噛んで赤くなった唇を指先でそっと優しく触れた。

「ほら、我慢しなくていい」

体の中を探る指が、一層濃密な愛撫を仕掛けてくる。

それに抗《あらが》うことなど、晴己には到底無理だった。

「あ……っ、あ、ああ……っ、だめ……や、ぅ……あ、あっ」

一度放った後は、触れられてさえいない晴己自身が、後ろからの刺激だけで再び熱を孕んで勃ち上がる。

それがクラウスの体に当たってしまうのが恥ずかしくて仕方がないのに、それに気づいたクラウスはわざと体を揺らして、晴己を煽った。

「や……っ……ぁ、あ、……っ…あ、あ」

一度刺激を得てしまえば、後はなし崩しだった。腰が淫らに揺れて、晴己は自分からクラウスの体に自身を擦りつけてさえいた。

「ん……っ…あ、あ、あっ」

前と後ろから沸き起こる悦楽に、晴己の体がドロドロに蕩けてしまう。その晴己の中に、クラウスは二本目の指を忍び込ませた。

「あ……っ…、あ、ああっ」

その指が、螺旋を描くような動きで一気に深い場所までを犯す。駆け抜けた悦楽に、晴己は自身から蜜を噴き上げた。

「あ……ぁ…、あ、あ」

ガクガクと体を震わせる晴己を満足そうに見つめながら、クラウスは埋めた指で晴己の中を慣らしていく。

「もう……や…、……指…もう……っ……」

二度も達して、敏感になってしまっている体には、指で慣らすだけの動きは焦らしているようにしか思えなかった。

震える声で、晴己が言うのにクラウスは少し考えたような顔になる。

「まだ、少し早いかも知れない……」

「……っ…れでも、い……、もう……」

晴己はクラウスの背に縋りつき、自ら足を開いて先を望んだ。

どれほど自分が浅ましい姿をしているかなど、考える余裕もない。

ただ、体が欲しがるままに動くことしかできなくなっていた。

その様子にクラウスは密かな笑みを浮かべ、晴己の体から指を引き抜く。そして晴己の痴態に猛った自身を蕾へと押し当てた。

「息を吐いて……」

「ん……っ…ふ、…あ、あ、あっ」

狭いそこを押し開きながらクラウスが入り込んでくる。だが、その動きは酷くゆっくりだ。

おそらくは慣らし足りないと踏んだからなのだろうが、晴己の体は一刻も早く奥までを犯すものを欲しがって揺らめいた。

「……早…く……」

思わず、ねだるような言葉が口から漏れる。それでも、クラウスは慎重だった。

時間をかけて、すべてを収めた時には、晴己は焦れた体を持て余して泣き出してさえいたのだ。

「市花……」

「ん……っ…」

クラウスの体に縋りつき、晴己は先を望む。

体の奥深くまでを犯すクラウスに、さらなる悦楽を与えてほしいと、言葉にならない思いを縋り付いた腕の強さで知らせた。

それにクラウスは薄く笑みを浮かべると、ゆっくりとした動きで晴己の中をかき回すように腰を蠢かす。

「あ、あ……っ、あ、ああっ」

やっと得られた刺激に晴己の唇からは、もう濡れ切った声しか出なかった。

蕩けた肉襞は、中を穿つクラウスに絡みついて離れようとせず、それを半ば強引に引き剝がすようにしながら、クラウスは動きを少しずつ大きくしていった。

「ああっ、あ、あ」

浅い位置まで引いたクラウスが弱い場所を何度も擦るようにして出し入れを繰り返す。晴己自身はそれに合わせて先端をひくつかせ、蜜を溢れさせた。

その蜜を零す先端に蓋をするようにクラウスは指の腹を押し当て、ヌルヌルと擦る。

「や……っ…だめ、や、また……出る…っ……」

「何度でも、好きなだけ出せばいい。ほら……」

クラウスは晴己自身への愛撫を続けたまま、今度は深くまで押し入った。

「ひ……っ…ぁ、あ、ああ」

あまりの刺激に、晴己自身がまた絶頂を迎え、蜜を飛ばす。

ガクガクと震える晴己の体を、クラウスは思うさま貫き、そして捏ね回すようにしながら、絡みついてくる肉襞の動きを味わった。

「ん……っふ、あ、あ、もう……、ぁ、あ、ああっ」

絶頂の最中にある体を散々突き上げられ、晴己の体が不規則な震えを起こす。

それに限界を見て取ったクラウスは晴己の腰を抱え直すと、一際《ひときわ》強く早い動きで晴己の体を貪った。

「ぁあ、あ、あっ、あ、ああああっ」

「……っ…」

甘く透き通った晴己の悲鳴じみた声に、クラウスの息を呑むような声が重なる。そして、その次の瞬間、晴己の体の中に熱い飛沫が迸《ほとばし》った。

「あ……あ、あ、あ」

蕩けた肉へと叩きつけられる熱の感触に、晴己は唇を震わせそしてゆっくりと目を閉じる。

「市花……」

優しく名前を呼ぶクラウスの声が聞こえたが、急速に訪れた脱力感に呑み込まれ、答えることができないまま、晴己は意識を途切れさせた。

「市花」

クラウスは完全に意識を飛ばした晴己の頬を優しく撫で、愛しげに名を囁きながら、ビクビクと痙攣し続ける晴己の中に、しばらくの間、止まり続けた。

その顔に、幸せそうな笑みを浮かべて。

◇◆◇

「この雑誌は、もう見たか？」

昼下がりの社長室で、クラウスはそう言って呼び出した晴己に一冊の雑誌を差し出した。

「いえ、見ていませんが……何か？」

クラウスが差し出した雑誌は、舞台関係の雑誌だった。

公演情報や、上演された舞台の批評などが掲載されている、よくあるタイプのものだ。

「カラーページ四枚に渡って今度の公演にことが取り上げられていた。いや、桃井と鵬元の話を中心に、だな」

クラウスの説明に、晴己は苦笑した。

「世間は好きですからね、そういうの。姉も、公演のことでインタビューを受けたら必ず鵬元に絡んだことを聞かれるって言ってましたよ」

「しかも、今回は同じ日に公演があるからな」

鵬元の分派は、桃井のお家騒動として随分と話題になったが、六年もたてばマスコミ的には記憶は薄れている。

そのため、今また面白おかしく書き立てているのだ。

「まぁ、うちとしてはどういう形であれ、宣伝してもらえればかまいませんけれど。久しぶりの大掛かりな公演ですし」

「チケットはかなり順調に売れてると聞いているぞ」

「おかげさまで。やっぱりプロのイベント会社に頼むと仕事が違いますね。それに、社長のお知り合いの方にも随分と購入していただいたみたいですし」

チケットは、大手のチケット販売会社を通じて販売する分以外に、桃井で直接、生徒や知り合いなどに販売する分がある。

今回はクラウスを通じて、かなりの枚数が出た。

——英語訳のついたパンフレットを用意してくれって言うはずだよな……。

後から恭子に、手売り分の販売枚数を聞いた晴己はしみじみそう思ったのだった。

「みんな、楽しみにしているよ。私も、桃井の舞台なら自信を持って勧められるからな」

クラウスはそう言った後、真っすぐに晴己を見た。

「また、少し痩せたな。ちゃんと寝て、食べているのか？」

「……一応、そのつもりですけれど……」

「この前も、稽古場で寝ていたそうじゃないか」

クラウスのその言葉に、晴己は首を傾げる。

「それ、どこから聞いたんですか？」

「大体、察しはついてるだろう？」

「姉からですね」

今回の公演のスポンサーでもあるクラウスに、恭子は何かと連絡を取っていることは知っていたが、まさかそんなことまで話しているとは思わなかった。

「ほどほどにしておかないと、公演前に体を壊したらどうしようもないだろう？」

「それはそうですけれど、不完全な状態で舞台に立つことはできませんから」

晴己のその言葉に、クラウスは小さくため気をつく。

「恭子さんが言っていた通り、君は本当に『芸の虫』だな」

「才能が足りない分を練習で補わないと不安なだけですよ」

晴己は小さく眉を寄せて、そう返した。

次期家元として、また二児の母として何かと用の多い恭子は、晴己よりも自身の稽古に割ける時間は少ない。

だが、稽古の時間の長さは恭子にはあまり関係がない。

一度の稽古での吸収力が人とはまるで違い、天賦の才というものをまざまざと感じさせられる。

そんな恭子を見ていると、平凡な才能しか持ち合わせていない自分はもっと努力しなければとそう思うのだ。

「まったく、君の真面目さには頭が下がる思いだな」

クラウスはそう言った後、

「だが、気を遣ってデートに誘わずにいる私の好意を無にしないよう、体には気をつけるように」

そう付け足した。

「社長、会社ではそういうことは……」

クラウスのその言葉に小さく眉を寄せた晴己の頬は心なしか赤い。

「プライベートの話を会社でするのはルール違反だったな。……これをゲオルクに渡しておいてくれ」

クラウスは傍らに置いてあった書類の束を晴己に渡した。

「かしこまりました」

まだ少し赤い頬のまま、晴己は書類を受け取る。

「他に用はございませんか？」

「ああ、下がってくれ」

「では、失礼致します」

小さく頭を下げ、晴己は社長室を後にした。

クラウスのことが好きなのかもしれない、と告白とも言えないようなことを言って、抱かれた日から三週間が過ぎていた。

あれ以来、そういう関係を持ってはいないが、クラウスとは不思議に安定した状態を保っていた。

恋人というのでもなく、かといって以前のような金銭的援助を間にしたぎこちなさがあるわけでもなく、そして、友達というのとも違う。

もちろん、今の状態が長く続くとは思ってはいない。

どういうつもりなのかは分からないが、クラウスは公演が終わるまでは特に行動を起こすつもりはないらしい。

そして、その公演まで一カ月を切った。

新調した衣装も届いたし、舞台のセットも恭子が見て来たところによると順調らしいし、心配事は何もない。

あるのは、自分の踊りについてだけだ。

「稽古あるのみだよな……」

小さく呟いて、晴己は秘書室へと戻る。

秘書室に入って晴己は真っすぐにゲオルクのもとへと向かった。

『ミスター・ドレッセル、社長からお預かりしてきました』

そう言って書類を渡すと、ゲオルクはざっとそれに目を通し、

『確かに受け取りました。それで君に、少し話しておきたいことがあるんですが、奥へ来てもらえますか？』

秘書室の奥になるブリーフィングルームを指さした。

そこでは課内でのちょっとした会議なども行われ、大きな窓とガラス扉のおかげで開放的なイメージがあるが、防音対策がされている部屋だ。

『分かりました』

晴己が返事をするとゲオルクは立ち上がり、まっすぐにブリーフィングルームへと向かう。そ

の後について晴己もその部屋に入った。

『話というのは、なんでしょうか？』

最初に口を開いたのは晴己だった。

クラウスのスケジュールを摺《す》り合わせたりするために、二人で話をすることはよくある。だが、わざわざこの部屋で、というからにはかなり重大な話のはずだ。

晴己の問いに、ゲオルクは単刀直入に言った。

『プライベートのことです。君は、社長のことをどう思っているんですか？』

『え……？』

あまりに直球すぎる問いに呆然とする晴己にはまったくかまわず、ゲオルクは続けた。

『私としてもあまりこういったことに立ち入りたくはないんですが、社長の行動は目に余るものがありますからね。個人的なパトロンとしていくらあなたに出資しようとそのことについてとやかく言うつもりはありませんが……あなたに会うために日本の企業を買収するなんて思ってもいませんでしたよ。社長は、優良企業だからリーフェンシュタールの傘下に欲しい、とおっしゃっていましたが、本国で今回の合併がすんなり受け入れられたわけではありませんからね』

『私に会うために……会社を？』

『日本の企業ならどこでもよかったんですよ。とにかく日本の子会社に自分が赴任さえできればね。たまたまあなたのいるこの会社の経営が危なくなっていたから、ちょうどよかったんでしょうけれど』

さらりとゲオルクは言うが、晴己の頭はパニックに陥っていた。

その晴己に、ゲオルクはさらに追い打ちをかける。

『社長は今年で三十四歳です。そろそろご結婚も考えていただかなくてはなりません。あなたが本当に社長のことを思っていらっしゃるなら、思っていらっしゃるで、ご結婚をなさらないのも理由としては受け入れざるを得ませんが、もしあなたが大して好きでもないのに、金ヅルとしてつなぎ止めるために曖昧な態度を取っていらっしゃるのでしたら、はっきりしていただきたいんです。本来、リーフェンシュタールを継ぐ者として、ドイツ本社にいてしかるべき方ですからね。いつまでも日本でふらふらと、色事にかまけられては困るんです。あなたが真剣だというなら話は別ですが、どうなんですか？』

問いかけてくるゲオルクの口調は決して責めているようなものではなく、いつもの事務的なものだ。

だが、口調がどうあれ告げられた内容があまりにも驚くようなことばかりで、晴己はまともに考えられるような状態ではなかった。

『どう、と言われても……分かりません』

『六年もあったのに？』

そう言われては返す言葉もなく、晴己は俯《うつむ》いた。それにゲオルクは小さく息を吐く。

『まぁ、かまいません。ただし、いつまでも日本にいらっしゃる方ではないということだけは覚えていて下さい。私の話は以上です』

そう言ったゲオルクに、どう返事をしたのか覚えてはいない。

気がつけば晴己は自分の机に戻って来ていた。

「三浦先輩、大丈夫ですか？」

その声にはっとした様子で、晴己は声の主を見た。声の主である友永は、まるで隠密行動をとっているかのようにしゃがんだ状態のまま、机の陰に体を隠していた。

「ドレッセルさんに何か怒られたんですか？」

心配そうな顔で問う友永に、晴己は不自然にならないように笑みを浮かべ頭を横に振る。

「ううん、大丈夫。最近顔色が悪いけどどこか悪いのかって聞かれただけ」

そんな嘘が簡単に出てきたのは先に社長室でクラウスに体調の心配をされたからだろう。そしてそのことは友永も感じていたらしく簡単に納得した。

「どこか悪いんですか？」

「ううん、違う。稽古がちょっとハードで疲れてるだけ」

そう言うと、友永はぱぁっと顔を明るくした。

「この前見た雑誌で先輩載ってました！　日舞やってらっしゃるっていうのは聞いてたけど、名取さんなんですね。写真も凄く綺麗でびっくりしました。舞台、見に行きますね、もうチケットも買ってあるんです」

興奮した様子で、しかしゲオルクに気づかれないように小声のままでそう告げる。

「チケット、買ってくれたんだ……。言ってくれたらあげたのに」

「言ったら、絶対先輩買わせてくれないでしょう？」

友永はそこまで言うと、ポケットから飴を数個取り出し、晴己の机の上にちょこんと置いた。

「疲れてる時は甘いものがいいですよ。稽古、頑張って下さいね。楽しみにしてます」

そう言うと、しゃがんだ姿勢のまま自分の机へと戻って行く。

よちよちとした動きの後ろ姿はまるでペンギンのようで、なんとも可愛くもおもしろい。

その姿に少し癒された気持ちになりながら、晴己は友永がくれた飴を一つ口に入れた。

――金ヅルとしてつなぎ止めるために曖昧な態度を取っていらっしゃるのでしたら――

ゲオルクからはそう見えているのだろう。

いや、そのことを否定はしない。以前の晴己は確かにそうだった。

援助をしてくれたクラウスを無下にはできず、かといって色好い返事をすることもなく、中途半端な状態のままを続けていた。

クラウスが日本に来なければ、多分そんなずるい状態を続けていただろう。

そんな晴己に会うために、わざわざ仕事にかこつけて日本にまで来たという。

どうしてそこまで、と思う。

そして、そこまでするクラウスに、未だにはっきりと答えを出せないでいる自分。

クラウスのことが嫌いではない。それだけははっきりしている。

だが、好きなのかと聞かれれば、好きなのかも知れない、とは答えられるが、まだはっきりとは答えを出せないのが現状だ。

そして、答えを出せない晴己をせかすでもなく、クラウスはただ待っている。

――早くした方がいいのは、分かってる。でも、今は……。

今は、まだできない。

公演のことに専念したい。

それが逃避じみた言い訳だと心の中で分かってはいたが、晴己はそうせずにはいられなかった。


「ちょっと見ない間に随分と上達したじゃない」

稽古場に恭子の声が響く。

「あ、もう交替の時間？」

恭子の声に晴己は舞うのをやめ、恭子を見た。

公演は今週末だが、教室は変わらずやっているので、空いている稽古場を晴己と恭子は交替で使っていた。

「そう、もう交替の時間。踊ってたら時間なんてあっと言う間ね」

恭子はそう言いながら、晴己にタオルを渡す。

「でも本当に、よくなったわね。ちょっと鳥肌が立ちそうなくらいよ」

「姉ちゃんがそんなに褒めるなんて、なんか怖いな」

汗を拭きながら晴己はそう言って、肩を竦めた。

「それだけ、うまくなってるってことよ。うまいっていうのはちょっと違うわね。技術的にはもともと文句はなかったから。それに感情面がきちんとついてきてて……。何かあったでしょ？そうじゃなきゃ、急にこんな風にはならないわよ」

問う恭子に、晴己は頭を横に振り、

「別に何にもないよ。少なくとも、自分の意識下じゃね」

そう嘯《うそぶ》く。

「じゃあ、無意識下じゃ何かあったってことね。まぁ、どうでもいいわ。聞いたって言わないだろうし」

「無意識下のことなんだから聞かれたって答えらんないじゃん」

恭子の言葉に苦笑しながらそう返した晴己だが、実際には違う。

ゲオルクにはっきりと答えを出せと言われたあの日から、ずっとクラウスのことを考えていた。

――いつまでも日本にいらっしゃる方ではないということだけは覚えていて下さい――

そう、クラウスはいずれドイツに帰るだろう。

クラウスが来た当初、晴己は早くクラウスがドイツに帰ればいいと、そう願っていた。

だが、今は違ってきている。

クラウスが、ドイツに帰る。

そう思うと、胸の中で何かがざわめくのだ。

そして、寂しさにも似た何かが沸き起こる。

その感情が『鷺娘』とシンクロしているのかも知れなかった。

「そうそう、今日、衣装とか全部会場に搬入してきたわ。セットも綺麗にできててよかったわよ」

「へぇ……ゲネプロが楽しみだな」

ゲネプロというのは衣装やセット、音楽など、すべてを入れて行う本番さながらの最終リハーサルのことだ。

先週から舞台の感覚を摑むために会場でリハーサルをやっているが、ゲネプロとなるとやはり気が引き締まる。

その晴己の言葉に、恭子は思い出したように言った。

「そうそう、ゲネプロだけど予定してた金曜は地方さんの都合が悪いらしいから木曜になったわ。あんた、会社早退して来てね」

「うん、分かった」

「じゃ、そういうことでよろしく」

恭子は晴己にそう言うと、コンポのCDを入れ替え、それからゆっくりと舞い始める。

それをしばらくの間見てから、晴己は稽古場を後にした。

恭子の仕上がり具合はすでに文句なしといった感じだ。

新しい衣装に、新しいセット。

チケットは今までのどの公演よりも売れているし、最初にゴタつきはあったものの、その後は怖いほど順調だ。

だが、それはゲネプロの翌日、金曜日のことだった。

仕事中だった晴己の携帯電話が、家族からの連絡を告げる着信音を奏でた。

就業時間中は、当たり前だがプライベートでの連絡は禁じられている。

家族にはそれを徹底して言っていて、就職をしてから就業時間中の晴己の携帯電話に家族から連絡が入ったことはない。

それだけに、この時間中の連絡はかなりの急を要するものだということが分かった。

「少し、すみません」

社長室に来ていた晴己は、クラウスにそう断って電話に出た。

「もしもし……」

『晴己っ、大変なのよ……っ』

つながった途端、聞こえて来たのは、今まで聞いたことがないくらい焦った様子の恭子の声だった。

「姉ちゃん、どうしたんだよ、そんなに慌てて何があったの？」

問いながら、晴己の胸の中を急速に悪い予感は占めていく。

恭子は生半可なことではここまで取り乱したりはしない。

それほどのことは、該当するのは家族に不幸があったか、もしくは……。

『会場に運び込んであった衣装、全部なくなってるのよ！』

恭子のその言葉に、晴己は言葉を失った。

衣装も小物も、ゲネプロで使用したものは全部会場の楽屋に置いてあった。分けて置いてどこに何をやったか分からない、という状態になるのを避けるために、ゲネプロの後、全部を一室にまとめてあったはずだ。

「衣装がなくなってるって……どういうこと？　誰かが別の場所に移動してるとか、そういうことじゃないの？」

信じたくなくて、晴己はそう聞いたが、

『そんなことで電話するわけないでしょう？　楽屋も舞台も客席も、全部見たけれどないのよ……』

返って来たのは、絶望的とも言える言葉だった。

それに晴己は言葉を返すこともできず、ただ呆然と立ち尽くす。

『……とりあえず、今日はできるだけ早く戻って来てくれる？　後のことを相談しなきゃいけないし。私たちはもう少し探してみるわ』

「うん、分かった。じゃあ、また後で」

晴己はそう言って携帯電話を切った。

そして、重い息を吐いた時、

「恭子さんからだったようだが、衣装がどうかしたのか？」

クラウスが聞いた。

クラウスとは、ゲオルクから気持ちをはっきりと決めろと言われたあの日から、また微妙な関係に戻ってしまっていて、晴己は説明することをためらった。

その晴己に、クラウスは続ける。

「衣装が紛失した、といったような内容だったと思うが、詳しく聞かせてくれ。桃井の今度の公演には少なからず出資をしている。聞く権利はあると思うが」

それに晴己は少し間をおいてから、口を開いた。

「会場の方に運び込んでおいた衣装がなくなったそうです。どういう状態でなくなったのかまでは分かりませんが……」

「すべてか？」

「おそらくは」

晴己の返事に、クラウスは眉を寄せた。

そして腕を組み、しばらく考えてから不意に立ち上がった。

「恭子さんは今ならまだ会場だな」

「はい。まだ探すと言っていましたから」

「では、今すぐ行こう。君も、どうせ仕事は手につかないだろう。私としても、聞いておきたいことがあるからな」

クラウスはそう言うと、強引に晴己を連れて社長室を後にした。

会場内の客席に腰を下ろし、晴己は呆然と舞台を見つめていた。

運び込んだはずの衣装のほとんどと、小物の一部がケースごとなくなっていた。

正確に言えば、晴己と恭子の衣装全てと、小物だ。

会場内のどこのドアも無理やりこじ開けられた形跡はなかったが、会場はかなりの築年数を経た建物で、セキュリティーは一応つけてはいるが全体的に防犯が甘いことは否めない。

とはいえ、住居とは完全に分離しているし、一年に数える程度しか使用されない施設であることから、その程度のセキュリティーでも問題が起きたことはなかったのだ。

晴己や恭子にしても、そのことに不安を感じたりはしなかった。

盗難にあうなんて、考えてもいなかったからだ。

——どうしよう……。

さっきから、頭の中ではそんな言葉しか浮かんでこない。

どうしよう、と思うのに、どうすればいいのか具体的なことは一切考えられない。

たたただ、うろたえてしまって、何もできなかった。

そんな晴己の状態に、今は何を話しても無駄だと悟った恭子は、客席の方を探して来て、と実質そっちで座って待っていろ、と告げ、自分はクラウスとそして一緒に来たゲオルクの三人で、楽屋で話をしていた。

ゲオルクも同行させるとクラウスから聞いた時、どうして？　と思ったのだが、どうやら自分で思っている以上に晴己は動揺していたらしく、ゲオルクを連れて来て正解だった。

秘書なのに、今の晴己には秘書らしいことを何一つする余裕がなかったからだ。

胸の中に渦巻く不安に押し潰されそうになった時、

「市花、どこだ？」

客席の後ろのドアが開き、クラウスの呼ぶ声がした。

それに晴己はふらりと立ち上がり、振り返った。

「社長……」

胸のうちの不安がそのまま音になったような声で言った晴己のもとへ、ゆっくりとクラウスが歩み寄ってくる。

「顔色が酷いな。大丈夫か？」

「……ええ、大丈夫です。姉は……？」

「警察の人と話をしてる。盗難届けを出したからな」

「そうですか……」

呟くように返事をした後、晴己は続けて聞いた。

「公演のこと、姉は何か言ってましたか……」

十中八九、中止ということになるだろう。

その相談を、クラウスとしたに違いない。クラウスは今回の公演にもかなりの出資をしてくれている。そのクラウスの意向を聞かずにどうするかの決定などできないだろう。

だが、クラウスが言ったのは晴己が思っていたのとは正反対の言葉だった。

「公演は予定通り行う」

「え……？　だって衣装が……」

「盗まれた衣装は、今回の公演のために新調したものだそうだな。つまり、今まで使っていた衣装ならあるということだ。それで公演はできると、彼女はそう言っていた」

クラウスにそう言われて、晴己は以前に使っていた衣装のことをようやく思い出した。

「そうですね……、確かに、前のものがあります」

衣装が盗まれたと言われて、晴己は完全にパニックになっていて、以前の衣装のことなど頭から消えていた。

恭子にしても衣装の盗難で精神的には混乱しているはずなのに、常に先のことを見据えて手立てを考えている。

どんな窮地に陥っても、絶対に俯いたりしない恭子の強さ。

恭子がいたからこそ、師範代や生徒を大量に引き抜かれ、スポンサーまで失った六年前のあの時期を乗り切って、桃井を存続できたのだと思う。

――やっぱり、姉ちゃんにはかなわない……。

晴己は小さくため息をついた。

「市花、大丈夫か？」

クラウスが心配して晴己の顔を覗き込む。

美しいアイスブルーの瞳は優しく晴己を見つめている。

そう、クラウスはいつも優しい。

その優しさに付け込むように、答えを出すのを先延ばしにしている自分。

——金ヅルとしてつなぎ止めるために曖昧な態度を取っていらっしゃるのでしたら——

ゲオルクに言われた言葉が脳裏に蘇る。

決して、そんなつもりじゃない。

確かに六年前は、クラウスに大金を出させたという申し訳なさと、同じ男として大して知りもしないクラウスを受け入れ続けることはできないという気持ちの両方で、曖昧な態度を取っていた。

今も曖昧な態度だとは分かっているが、それでクラウスを金ヅルだなんていう風には思っていない。

けれど、自分の気持ちがまだ定まらないのだ。

恋という意味で好きなのか、それともクラウスの優しさにほだされているだけなのかがはっきりとしない。

「市花、心配しなくても大丈夫だ。かならず公演は成功する」

答えない晴己に、クラウスはそう言って笑みかけ、軽く肩を叩いた。

その後、晴己は会社には戻らずに、恭子と一緒に桃井に帰ることになった。

帰っても仕事どころではないし、桃井でしなくてはいけないことが山積している。

とはいえプライベートのことなので、ためらいはあったが、会社に残して来た荷物は後で届ける、と言うクラウスの言葉に結局甘えることにした。

桃井に帰って最初にすることになったのは、以前使っていた衣装を出してきて点検することだった。

「やっぱり結構傷みが目立つよな……。帯なんか酷いし……」

「ああ、やっぱりここもかなり薄くなってるわね」

出してきた衣装を見て、晴己と恭子はそれぞれにため息をつく。

衣装の新調にはそれなりに理由がある。

祝い事のためということもあるが、大半は衣装の傷みが酷い場合だ。長く使えるように丁寧に扱うように気をつけてはいるが、それでも限界はある。

今回の衣装の新調は、後者が理由だった。

「でも、仕方ないわね。これしかないんだから。帯だけは別のもので代えがききそうなのを探してみるわ。後は、なくなった小道具の調達だけど……」

恭子はそう言って時計を見た。時刻はまだ四時になったところだ。

「今からちょっとお店回ってくるわ。あんたはとりあえず、自分の衣装の準備をして」

恭子はそう言い残すと、家を飛び出して行った。

一人残された晴己は、出した衣装を前に出そうになるため息を堪えると立ち上がった。

「母さんに裁縫道具借りてこよう……」

晴己の『鷺娘』も恭子の『京鹿子娘道上寺』も、重ねて簡単に縫い合わせた衣装を舞台上で糸を外して取り払って衣装を替える『引き抜き』という演出がある。

その準備をしなくてはならないのだ。

とはいえ、今回は衣装の補修の方が時間がかかりそうだ。

晴己と恭子がこっちにかかりきりな分、恭子の子供二人の世話は母親が一手に引き受けてくれていて、それだけでも大変なのにこっちまで手伝ってもらうわけにはいかない。

公演は明後日なのだ。落ち込んでいる暇はない。

自分にそう言い聞かせて、晴己は裁縫道具を借りに向かった。

6

化粧を済ませて白無垢の衣装を纏い、完全に『鷺娘』の様相になった晴己は、衣装を乱さないように気をつけながら疲れ切った体を楽屋のソファーに預けていた。

衣装の直しと準備に追われ、この二日で眠れたのは四時間ほどだ。

化粧をしてしまっているので分からないが、寝不足のせいで自分でもぞっとするほど顔色は悪く、足元も少し不確かで、舞台に立つためにに入れたコンタクトが違和感を訴える。

楽屋入りする前にクラウスと会ったが、その時にも酷く心配された。

金曜に会社を早退した後、クラウスからは一度だけメールがあった。

『何か必要なものがあれば連絡を』という短い文面の一通だけだったが、おそらくは忙しいだろう晴己のことを思っての一通であり、何かあっても言い出せないだろうことを思っての内容だということはよく分かった。

多分、ここまで自分のことを考えてくれる人はいないと思う。

だからこそ、未だに答えの出せない自分が不甲斐なくて、『大丈夫です』とぶっきらぼうにさえ聞こえるような堅い口調で言っただけで楽屋に来てしまった。

クラウスのことが好きなのだとして、どうして好きなのか。

優しいから好きなのか。

自分のことを思ってくれているから好きなのか。

考えれば考えるほど、堂々巡りをして深みに嵌まる。

「積もる想いは淡雪の消えて儚き恋路とや……」

鷺娘の一節を無意識に晴己が口ずさんだ時、楽屋の扉が控えめにノックされ、薄く扉が開いた。

「そろそろ舞台袖へお願いします」

舞台進行の段取りをしてくれている師範代が晴己を呼びに来た。

「分かりました」

晴己はそう言ってソファーから立ち上がる。だが、立ち上がったとたん、立ちくらみがした。

「花鶯先生、大丈夫ですか？」

慌てた様子で師範代が駆け寄って来て晴己を支える。

「ごめん、大丈夫。ちょっとふらっとしただけだから」

ここ数日の騒ぎのことは、師範代たちはみんな知っている。

晴己がほとんど寝ていないことも知っているので何かと心配してくれているが、それは恭子も同じだった。

『京鹿子娘道成寺』は上演時間の長い演目なので、昨夜だけは恭子には早めに寝てもらったが、それでもこれまでの疲労を考えれば、昨夜少し長く寝たからといって体調が万全というわけではない。

だが、それでも恭子は舞台をやり遂げた。

出番まで少しでも体を休めておいた方がいいと言われて、恭子の舞台は見なかったが、会場の反応は楽屋にいても分かった。

鳴り止まない拍手に何度もカーテンコールを繰り返していたし、恭子の舞台を見ていた師範代も最高の舞台だったと言っていたから、かなりのものだったのだろう。

舞台袖に向かうと、そこにはすでに着替えを終えた恭子がいた。

「余計なことは考えないで、稽古してきた通りのことをやればいいだけよ」

恭子はそう言うと、軽く晴己の肩を叩いて送り出す。

「いきます」

小さくそう言って舞台の中央へと進んだ。

舞台の中央、和傘をさし客席に背を向けて立つ。

足と、傘を持つ手が微かに震える中、背中で幕が上がる気配がした。

逃げ出したいほど、怖いと思った。

今までそんなことは思ったことがないのに、怖くて仕方なかった。

だが三味線と長唄が聞こえると、晴己の意志とは無関係に体が動き出す。

傘を左手に持ったまま右手を緩やかに動かし、流れるような動きで体を客席側へと向ける。

鷺娘の最初の衣装は綿帽子を被った白無垢だ。花嫁となるための衣装を纏いながらも、恋しい男の姿は傍にはなく、淡雪のようにはかない恋を舞う。

綿帽子で視界を遮られながらも客席を目に写した晴己の目は、客席にいるクラウスを最初に見つけた。

客席は暗くて、こっちからはあまり見えないはずなのに、クラウスのアイスブルーの瞳が、いつものように優しく、そして少し心配そうに自分を見つめているのがはっきりと分かった。

その瞬間、晴己の中でつっかえていた何かがストン、と落ちる。

そして、それと同時に手の震えが止まった。

——俺は、あの人のことが好きだ。

舞台の上ではっきりと、そう確信できた。

——いつまでも日本にいらっしゃると思わないで下さい——

ゲオルクに言われたあの言葉が、必要以上に気になったのはそのせいだ。

クラウスがいなくなったら。

ドイツに帰ってしまったら。

気づいたばかりのこの気持ちを抱えて、自分はどうすればいいのだろう？

かなわぬ恋をして、募る思いの切なさにやがては息絶える鷺娘。

その気持ちが、晴己はやっと理解できた。

想像ではなく、はっきりと自分の気持ちとして——。

◇◆◇

「本当ニ素晴ラシかったデス！」

「ええ、トテモ……！」

公演後のロビーで、晴己は恭子や他の師範代と一緒に客の見送りに出ていた。

「ありがとうございます」

興奮した様子で片言の日本語を使い、賛辞を述べてくれる外国人客に、にこやかに相手をする恭子のかたわらで、舞台衣装のまま晴己も同じようにありがとうございます、と繰り返した。

踊り終わった時、会場はまるで水を打ったような静けさだった。

その静けさに、失敗したのかと舞台に伏したままの晴己の背筋を冷たいものが走った次の瞬間、パラパラ、とまばらな拍手が鳴り、そして一気に爆発するような拍手と、スタンディングオベイションが起こった。

今まで目にしたことのない光景に驚いているうちに、一度幕が下りた。

つい今までの光景が理解できなくて、幕が下りた後もしばらく動けなかった晴己に、

「晴己、立ちなさい！」

恭子が袖から明るい表情でそう声をかけた。

それに立ち上がると、再び幕が開けられ、一際大きな拍手と歓声が晴己を包んだ。

客席のクラウスも立ち上がって、拍手をしてくれていて、それを見て晴己はようやく成功したのだと感じることができた。

何度かカーテンコールを繰り返し、そしてこうしてロビーへと出て来たのだが、すでに公演が終わって三十分が経つのに、客が引く気配がない。

その中、晴己はちらちらと視線を動かしてクラウスを探した。

一番に声をかけてくれると思っていたクラウスは、二階席から降りてくる階段途中の踊り場でゲオルクとともに招待した客と喋っていて、晴己のもとへ来る気配がない。

――早く伝えておきたいのに、こんな時に限って……。

そんな思いが脳裏を過るが、これだけ人の目があるところで好きだ、などと言うつもりかとすぐに思い直した。

そして、視線を戻そうとした時、視界に両親の姿が入ってきた。

父親は心臓を悪化させて以来、表舞台からは身を引き、出てくることは少なくなったのだが、家元として今日の公演を見届けにきていたのだ。

昔からの目の肥えた贔屓筋《ひいきすじ》と、楽しそうに談笑中であるところを見ると、どうやら公演内容には満足してもらえたらしい。

それにほっとした時、奇妙なざわめきがロビーに起こった。

その気配を感じて、何が起きたんだろうと目をそちらにやった晴己は思わず眉を寄せた。

ゆっくりとした足取りで、晴己たちの方へ歩み寄って来たのは、野川だった。

「公演の無事の成功、お祝い申し上げます」

厭味に見える笑顔を浮かべ野川が言う。

「ありがとうございます。今日は鵬元流も公演だったとお伺いしておりましたから、いらっしゃるとは思っておりませんでしたわ」

にこりと艶やかな笑みを浮かべ、恭子が返す。

桃井と鵬元の因縁をロビーの客たちは大半が知っているらしく、さっきまでのざわざわとした声が止み、二人のやり取りを静かに——いや、興味津々という様子で聞き耳を立て、カメラを持ったマスコミ関係の記者がシャッターを切る音がやけに大きく聞こえた。

「うちの方が、早く終わりましたから。苑弥さんの舞台には間に合いませんでしたが、花鶯さんの鷺娘は最初から……。とても素晴らしい舞台でしたね」

「……ありがとうございます」

野川の言葉に、笑みを浮かべて言おうとしたが、何をしに来たんだという思いでいっぱいで、どうしてもちゃんと笑えなかった。

「残念なのは、衣装でしょうか……。せっかく花鶯を襲名されて初めての大きな公演なのに、まだ昔の衣装を使っていらっしゃるとは……。うちでは考えられませんね。あなたほどの舞踊家には公演のたびに衣装を新調して差し上げたいくらいだ」

野川がそう言った時、

「あなたが姑息な手を使って盗んだりしなければ、新しい衣装で公演を行うはずだったんですよ、野川さん」

ゆっくりと階段を降りながら、クラウスが言った。

晴己はそのクラウスの言葉に目を見開いた。

——野川さんが盗んだ……？

盗まれたのは事実だが、その犯人が野川だとクラウスがどうしてそんな風に思っているのか晴己には分からなかった。

「おや、これは妙なことをおっしゃいますね。私が盗んだ？　それはまた、何を根拠に？」

野川は馬鹿にしたように鼻で笑いながらそう言った後、

「日本語は随分と堪能なご様子ですが、日本の法律まではご存じないらしい。これだけの人の前で人を窃盗犯呼ばわりなさるとは、名誉棄損になりますよ」

クラウスに突きつけるように続けた。

――クラウス……。

野川のことを以前、晴己はクラウスに話していた。

そのことで野川に悪感情を抱いているクラウスが、今回の事件を野川の仕業だと思い込んでしまっているのかもしれない。

もしそうなら、クラウスが不利になる。

野川は人の落ち度は絶対に見逃さない。

少しでも穴があればそこを無理やり広げるようなやり方をする男だ。

六年前の一件で晴己はそれを嫌というほど思い知らされた。

だが、クラウスは一切動じた気配は見せなかった。

「事実を述べたまでですよ」

自分を見る時とは違い、酷薄な笑みを浮かべるクラウスのアイスブルーの瞳は、心の底から冷えそうなほど冷たい色をしていた。

「事実だと？」

野川が目をすがめてそう言った時、遠巻きに見守っていた客たちの中から数人のスーツ姿の男が出て来た。

「鵬元流師範、野川雄介《ゆうすけ》さんですね？」

「そうだが、それが何か？」

名前を確認され、訝しげに答えた野川に、男の一人が胸ポケットから黒い手帳を取り出し、野川に見せた。

「警察の者です。窃盗容疑で署までご同行願いますよ」

「どうして私が？　何か証拠でもあるんですか？」

野川はそう言ったが、顔からは余裕が消えていた。

「ここに忍び込んで衣装を盗んだ連中、しっかり防犯カメラに映ってましてね。取り調べをしとるんですが、あなたに頼まれたってなんて言ってるんですよ。それで連中が盗んだ荷物も、つい先ほど、鵬元流の稽古場から出て来ましてね。……できれば、詳しく事情を聞かせていただけませんか」

刑事の口調は穏やかで、けして野川を追い詰めるようなものではなかった。

しかし、心当たりがあるのだろう野川は、逆らいはしなかった。

「ご協力、感謝します。君、野川さんをお連れして」

刑事は一緒に来ていた部下らしい男にそう言い、野川は部下に連れられて会場を後にする。

それを、ただただ呆然と見ることしかできない晴己を、さらに驚かせるような事態が襲った。

「えーっと、それで先日の防犯カメラの件なんですが……少々伺いたいことがあるのですが、詳しい方は……」

そう言った刑事の言葉に、ゲオルクが軽く手を挙げた。

「ああ、私です」

と、そう言ったゲオルクの言葉は、日本語だった。

「申し訳ありませんがご足労願えますか」

「かまいませんよ」

ゲオルクは薄く笑むと、驚いている晴己に軽く視線を投げ刑事と一緒に会場を出て行く。

——日本語……なんで？

一度にいろんなことが起きすぎて、晴己は何もできないでただ立ち尽くす。

その様子を見ていた恭子は、

「晴己、後のことはいいから着替えて帰る支度をしていらっしゃい」

そう言った後、クラウスに視線をやった。

「リーフェンシュタールさん、晴己のことお願いしていいかしら」

「分かりました。市……花鶯、行こう」

クラウスは状況を飲み込めずにいる晴己を促して、楽屋へと向かった。

◇◆◇

楽屋で化粧を落とし、着替えた晴己を、クラウスはすぐに車に乗せた。

撤収のことや、贔屓筋などを招いての舞台後の打ち上げのことなど、いろいろ気になることはあったが、公演が終わって今まで晴己を支えていた緊張感が切れ、疲労感が一斉に襲ってきて、結局クラウスに言われるまま、車に乗ったのだった。

「送るのはマンションでいいのかな」

クラウスは自分で車を運転してきていて、ハンドルを握りながら晴己にそう聞いた。それに晴己はいくばくかの間を置いてから口を開いた。

「いったいどういうことなのか教えてもらえませんか？」

「教えるって、何を？」

「とぼけないでください！　野川さんのことです。防犯カメラって何のことなんですか？　それにドレッセルさん、日本語が……」

「ストップ。質問は一つずつ順番にゆっくりと、だ。それから、今、君がした質問にすべて答えるには少し時間がかかる。マンションに到着する間には到底答えきれないし、運転中はあまり考え事をしたくない」

逆にクラウスがそう言ってきて、晴己は眉を寄せた。

「答えられないってことですか？」

「いいや。君の疑問にはすべて答えるが、どこで説明を聞きたい？　君のマンションにするか、それともここからなら私のホテルの方が近いが……」

それに晴己は少し迷ったが、一分でも早く事情を聞きたかった。

「……あなたのホテルで」

「分かった」

短かく言うと、その後クラウスは一切晴己の方に視線を向けなかった。


道が空いていたこともあって、ホテルには五分ほどで到着した。

クラウスの部屋に入り、ソファーに腰を下ろした晴己は、何か飲み物でも、とルームサービスを取ろうとするクラウスを無視して、

「それより先に教えてください。最初から、全部」

疑問についての返事をせっついた。

そんな晴己に苦笑を見せつつも、クラウスは晴己の前の一人掛けに腰を下ろした。

「まったく、せっかちだな。まぁ、いい。何から聞きたい？」

「野川さんに関係したことを全部、最初からです」

「……いいだろう」

クラウスはゆったりと足を組み、そして説明を始めた。

「以前ホテルであの男に会っただろう？　あの時に君から少し聞いた話と、あの男の態度が気になっていろいろと調べさせた。マスコミへの派手な演出とは反対に、あまり評判がよくないらしいな、鵬元流は。金を積めばたいていは名取になれるという限りなく事実に近い噂や、急激に生徒数が増えたことによる指導者不足で、未熟な人間に師範代の資格を与えて教えさせているとか」

その話は晴己も聞いたことがあった。

マスコミで取り上げられることが多く――半分以上は金で取り上げさせた記事だろうが――、その影響で一気に生徒数を増やしたが、指導者不足で稽古内容のレベルは低く、それでも二年なり三年なり稽古に通えば後は積む金額次第で名取になれる、と。

「資金繰りの面でもかなりうさん臭い感じだ。詳しく調べさせてみたが、どうも後ろにジャパニーズ・マフィアがついているらしい。鵬元の名取や生徒の中にはそのマフィアを通じて、売春をしている人間もいるようだ」

「売春……」

「客は各界の著名人なんていうのが主らしい。これは、個人的なコネクションから聞いた話だが」

「そんなことを……」

晴己はそれ以上、言葉にならなかった。

「とにかく、マフィアとつながっている以上、彼らを使って桃井に何かをしてくるんじゃないかと、そう思ったんだ」

鵬元の嫌がらせは細かいことを上げれば、きりがないほどだと、恭子はクラウスに話していたらしい。

そして会場がキャンセルされていた件も証拠はないものの、十中八九鵬元の仕組んだことだと思っているとも。

実際、クラウスもそう考えるのが妥当だと考えていた。

一時期ほどではないとは言え、ここ一、二年、桃井は力を盛り返していた。今回の公演は桃井の復活をアピールできる最大のチャンスで、それは同時に桃井を潰したい鵬元にしてみれば何でも阻止したいことでもあった。

だから、代わりの会場を見つけた時に一番危惧したのは新たな妨害だった。

大掛かりな防犯設備の設置も考えたが、そのためには会場の持ち主に相談をしなければならない。だが、そんなことをしなければならないような事態を引き起こすかもしれない団体に会場は貸さない、と会場の持ち主に渋られる可能性があったため、何か起きた時に証拠だけは残せるようにと、楽屋や舞台裏などを含めて、全部で十五カ所に防犯カメラを設置したのだ。

「十五カ所も……」

「さすがに、その数を聞いた時は私も驚いたがな。せいぜい三つか四つだと思っていたんだが、個人的な楽しみで、いろんな機能のカメラを試したかったらしい。その結果、それだけの数になったらしいんだが」

「個人的な楽しみ？」

流してもよかったが、誰の楽しみなのだろうと気になって晴己は聞いてみた。

「ああ、とにかく機械いじりが好きだからな、ゲオルクは」

出て来た名前に、晴己は刑事に防犯カメラの件で、と言われてゲオルクが一緒について行ったことを思い出した。

——そういや、コピー機が壊れたときも直してたな、あの人……。

そんなこともあって、個人的な楽しみ、というのも頷けた。

「設置してからほとんど何事もなかったんで安心していたら、衣装の盗難だ。それであの日、ゲオルクを連れて行ったんだ。君が客席にいる間にカメラの確認をしていたら、侵入経路も犯人の顔もはっきりと映っていてね。その場で、来た警官に証拠として提出して、翌日には犯人は捕まってたんだよ。そこから芋づる式に野川の名前が出て……。衣装もすぐに見つかるかと思ったんだが、一度運び込まれた場所から移動されていて、公演には間に合わなかった」

「そうだったんですか……」

呟くように言ってから、晴己はあることに気づいた。

「姉は、そのことを全部知って……？」

その問いに、クラウスは頷く。

「もちろん。今回の件は全部報告したよ。そうするよう頼まれてもいたしな」

「でも、俺は何も……」

そう、何も聞かされていない。

そんな素振りさえ恭子にはなかった。

「君は繊細だから、これ以上騒ぎに関した情報を耳に入れたら倒れかねない、とそう言っていた。私も口止めをされたよ。『せっかく鷺娘の気持ちを掴みかけてるのに、下らない雑音で邪魔をされたくないのよ』ってね」

「下らない雑音って……」

そういうレベルの出来事ではない。

だが、舞の鬼である恭子にとって、公演の成功や舞の完成度の方が重要になるのだろう。

「君の耳に入れたところで、事態が進展するわけでも好転するわけでもない、とも言っていたかな」

クラウスの言葉に、晴己はため息とともにがくりと項垂れた。

強い人だということは前々から分かっていた。

だが、ここまでとは思っていなかった。

――やっぱり、姉ちゃんにはかなわないな……。

勝つつもりなど毛頭ないのだが、あらためて晴己はそう思った。

「とりあえず、これが話のすべてだが……君は少し休んだ方がよさそうだな。ベッドで少し寝ていきなさい。二、三時間で起こして、家まで送ってあげるから」

「いえ、大丈夫です。帰ってから眠ります」

そう言って立ち上がった晴己だったが、体はどうやら限界に達していたらしく、立ち上がった次の瞬間には膝から崩れ落ち、カーペットに手をついた。

「無理をしない方がいい。ほら、来なさい」

クラウスはソファーから立ち上がると、崩れ落ちた晴己を半ば抱え上げるようにして立たせ、ベッドまで運ぶ。

そして有無を言わさず、寝かしつけた。

「すみません……ご迷惑をかけて」

「気にせずに、とにかくゆっくり休みなさい」

クラウスはそう言うと、ベッドルームを後にした。

間接照明のほの暗い柔らかな光りと、静けさ。

ここ数日の睡眠不足もあって、体は泥のように重くて眠りを欲している。

だが、晴己はなかなか寝付くことができなかった。

何度も寝返りを打って、なんとかして眠ろうとするがどうしても眠れない。

そうこうするうちに、クラウスが静かにドアを開けてベッドルームに入って来た。

何かを取りに来たらしく、晴己のいるベッドには近づかず、クローゼットへと真っすぐに向かい、目当てのものを手にするとそのまま部屋を出て行こうとする。

それを晴己は呼び止めた。

「社長……」

その声にクラウスは足を止め、晴己を見た。

「起こしてしまったか、すまない」

「いえ、気が立っているせいか、寝付けなくて……。すみませんが、しばらくここで何か話をしていてもらえませんか？」

晴己がそう言うと、クラウスはゆっくりとベッドサイドへと歩み寄り、近くにあったスツールを引き寄せた。そしてそこに腰を下ろしながら、ベッドサイドの小机の上に何かを包むような形で置いてあるティッシュペーパーに気づいて、指をさした。

「これは、捨てなくていいのか？」

ゴミ箱の位置が分からなくて、とりあえず置いてあるのかと思ったが、その言葉に晴己は、

「だめです、それ、コンタクトを包んであるので……」

そう言ってクラウスを止めた。

「コンタクト？」

「ええ。舞台でメガネをかけるわけにはいかないでしょう？　それでコンタクトにしていたんです。楽屋で外してくるのを忘れて……つけたまま眠ると、眼球を痛めてしまうこともあるので」

その説明を聞いて、クラウスは少し驚いたような顔をした。

「メガネは伊達じゃなかったのか？」

「違いますよ、ちゃんと度が入ってます。どうして伊達メガネをかける必要があるんですか？」

伊達だなんてどうして思うのか分からなくて問い返した晴己に、クラウスは少しバツの悪そうな顔を見せる。

「『市花』だと私に気づかれたくないからかと、そう思っていた」

それに晴己は小さくため息をつく。

「違いますよ……。就職してから少しずつ視力が落ちてしまって、それでです。でも、確かにメガネをかけているから、気づかれにくいんじゃないかとは思ってましたから、半分は当たりですけれどね」

そう言ってみたが、疑っていたことを悪いと思っているのか、クラウスは黙っていた。そのクラウスに、晴己は話を変えるように、聞いた。

「……まだ公演の感想を聞いていませんでしたね。どうでしたか、俺」

晴己の問いに、クラウスは、

「私としたことが、一番に伝えなくてはならないことを忘れていたとはな。とても素晴らしかったよ。月並みなセリフしか用意のできない自分がもどかしいほどだ。ゲオルクも随分と感銘を受けた様子だったぞ」

そう言ってくれた。それが嬉しくて、晴己は薄く微笑む。

「ドレッセルさんも……？　あ……」

「何だ？」

「いえ、ドレッセルさん、日本語が話せたんだと思って。日本語は全然ダメなんだと思っていたから、さっき刑事さんと日本語で話してらっしゃるの聞いて、びっくりして……」

「読み書きは無理だが、話すのはな」

日本語が話せる、なんて全然知らなかった。

クラウスと話す時はドイツ語だし、他の社員と話すときはすべて英語だった。

「日本語が話せるなら、日本語で話した方が他の社員とのコミュニケーションはとりやすかったと思うんですけど」

当然沸き起こる疑問を口にすると、クラウスは小さく方を竦めた。

「普段、社員がどう思っているかを知るためだそうだ。上司のいる場所ではそうそう本音は誰も話そうとはしないだろうが、上司の分からない言語でなら、本音を漏らす社員もいるだろうからな。なかなかおもしろい、と言っていたぞ。あいつは腹黒いからな」

「そうですか……。……あ」

晴己の脳裏に、不意に友永の姿が蘇った。

友永も、今日の舞台を見に来ていたはずだ。晴己がロビーに出た時、すぐに挨拶に来てくれて、随分と興奮した様子でよかったです！　と言ってくれて、そのまま送り出したから、ゲオルクが日本語を話せるのは知らないままだろう。

――ひとでなしとか、いろいろ会社で悪態ついてた気がする……。

なんとなく友永の今後が心配にはなったが、どうするのがいいのかすぐには思いつかなかった。

「ゲオルクのことがどうかしたのか？」

「いえ、なんでも……。あ、ドレッセルさんは六年前のあの時もいらしてたんですか？」

以前、含みのある口調で『六年前』などと言っていたのであの時いたのは間違いないと思うのだが、それを本人に問うのは地雷を踏むようで、晴己はできずにいた。

「ああ。来ていた」

「当時から、あなたの秘書だったから、ですか？」

秘書だから、クラウスの自宅に行くのは普通のような気はするが、なんとなくそれ以上の親密さを感じてしまう。

社長と秘書、というよりも、もっとプライベートな関係があるような、そんな感じだ。

——俺に、その気がないならさっさと決断しろとか言ってたし……。いくら秘書でも、恋愛っていうかそういう方面にまで口出しするかな、普通……。

なんとなく、邪魔物っぽいようなニュアンスだったような気もしないではなかったりして、もしかするとゲオルクはクラウスのことを好きなんじゃないのかと思ったりもした。

——ドイツから日本について来るくらいだもんなぁ。

そう納得しかけた時、

「いや、ゲオルクは私にとって甥にあたる人間なんだ」

クラウスはそう言った。

「……甥？」

「いや、正確には違うんだが、私の祖父と、ゲオルクの曾祖母がかなり歳の離れた姉弟でね」

そう言われても、家系図の整理がなかなかできず、晴己は眉を寄せる。

「分かりやすく言えば、私とゲオルクの父親が再従兄弟《はとこ》同士なんだ。ゲオルクは私よりも一つ年上だが、血族順でいえば私が上になる」

「再従兄弟の子供……って、結構、遠い親戚ですよね」

晴己の感覚からすると再従兄弟はかなり遠い存在だ。

というか、自分にとって、だれが再従兄弟にあたるのかなど考えても遠すぎて分からない。

分かるのはせいぜい従兄弟までだ。

「まぁ、そうだな。だが、家が近いからよく行き来をしていたし、中学までは同じ学校だったから血の遠さの割りには仲が良かった」

そこまで説明して、クラウスは首を傾げた。

「なぜそんなにゲオルクのことを気にするんだ？　何かあったのか？」

訝しげな物言いと眼差しに、とぼけたところで追求されるだろうことは分かっていた。そして疲労感で思考能力が低下している状態ではうまくとぼけられるとも思わなかった晴己は、以前、ゲオルクに言われたことをさらっと喋った。

それを聞いて、クラウスはゲオルクの暗躍振りに大きなため息をつく。そのクラウスに止めを刺したのは、

「あんまりあなたのプライベートなことについてまで追求してくるから、もしかしたらあなたのことが好きなのかと思ったりしてました」

と言う、晴己の言葉だった。

「市花……、自分の言った言葉を、画像として想像できるか？」

憔悴《しょうすい》しきったような声のクラウスに、晴己は試みることもせず、あっさり、

「できるか否かというより、したくありません」

そう返した。その言葉にクラウスは同意するような表情を見せた後、

「誤解されてはいないと思うが、間違ってもそういう関係じゃない。日本へは別の候補もいたんだが、あいつは機械モノが好きだから、秋葉原に随分興味を持っていて、それで承諾したんだ。プライベートに深入りして口を出した件に関しては、後で私から注意しておく。すまない。悪気があったわけではなくて、私のお目つけ役のような部分があるからだと思うんだが……」

と、説明と謝罪をした。

「いいですよ、別に。確かに驚きましたけれど、少しは感謝もしているんです」

晴己は少し笑んで、クラウスを見る。

「感謝？」

意味を計り兼ねる様子で問い返したクラウスに、晴己は手をクラウスの方へと伸ばした。

その手を、どういう意味か分からないものの、クラウスはそっと握る。

「あなたが、ずっと日本にいるわけじゃないってそう言われて……初めてちゃんとあなたのことを考えられた気がします。……自分が勘違いして言い出したこととはいえ、売春みたいな真似をして援助を受けたことを、俺はずっと忘れたかったんです。あなたは決して乱暴でもなかったし、

むしろ紳士的だったけれど、ただでさえ舞台で女形を演じているのでリアルでまで、というのが耐えられなくて」

「市花……」

「だから、ずっと逃げていたんです。でも、俺が市花だと分かっても、あなた俺を抱こうとはしないし、それなのに援助は続けてくれるし、どういうつもりか分からなくて。この前、この部屋で……その、した後ですけど、自分の気持ちは相変わらず曖昧なままだったんですが、それでも居心地の悪さもなかったので、それはそれでいいかと思ってて。でも、ドレッセルさんに、いつまでも日本にあなたがいるわけじゃないってそう言われて、急に危機感を覚えたんです。……金銭面のことでじゃないですからね」

その晴己の言葉に、クラウスは苦笑した。

「分かってるよ」

晴己が金銭面でどうこうできる人間だとは思っていない。

むしろ援助をすればするほど気持ちが離れていくような気さえしたほどだ。

「それで、危機感を覚えたっていうのは？」

クラウスは穏やかな口調で、続きを促す。それに晴己は話を続けた。

「単刀直入に言えば、あなたがいなくなったら困るって、そういうことです。ただどうして困るのかその理由がずっと見つけられなくて。あなたのことが好きなのかも知れないと思ってから、どうして好きなのかもしれないと思うんだろうって似たようなことを考えてたんですけれど、はっきりとした理由は見つけられなくて」

格好いいから、お金持ちだから、優しいから……。

どれもが当て嵌まるけれど、どれも胸に落ちてはこなかった。

「今日、舞台で……物凄く怖かったんです。体調があまりよくなかったからかも知れないんですけれど、今までなら舞台に立って幕が上がればすぐに何も考えずに舞に集中できたのに、最初、全然ダメで。体だけが勝手に動くような、そんな感じで振り返った時、最初にあなたを見つけて——あなたが好きだって、そう思ったんです。理由とか、理屈とかじゃなくて、あなたが好きだって」

そう言った晴己を見るクラウスは、どこか戸惑うような表情をしていた。その表情に晴己は不安気に眉を寄せる。

「……今さらすぎて、迷惑…でしたか？」

散々、答えを出さずにおいて、今朝だってぶっきらぼうな言葉しか返せなくて。

遅かったのかもしれない、とそう思ったとき、クラウスは小さく息を吐いた。

「いや、そうじゃない。ただ、舞台を見る前に聞くことができればよかったと思っただけだ」

「舞台を見る前……？　どうしてですか」

その間に何かあったのだろうかと胸に不安が押し寄せて、晴己は無意識のうちにクラウスの手を握る手に力が入る。

クラウスはそれに応えるように、握り返すと、自嘲めいた笑みを浮かべながら言った。

「この前も、ここで見たはずなのに、今日の君は全然違って見えた。衣装や化粧のせいではなく……まるで、鷺娘の魂が君に憑り移ったような気がしたんだ」

それは、舞踊家としては最大の褒め言葉だが、クラウスは褒めるつもりでそう言ったのではないということは簡単に分かる。

「君も鷺娘のようになるんじゃないかと、そんなことを思ったんだ。もしそうなら、自分のものになどならなくていい。ただ、この世に存在してくれるだけでいいと……」

恋をした娘は、やがてその恋の苦しさに鷺に身を変え、息絶える。

晴己を苦しめるつもりはないが、自分の気持ちが晴己を悩ませていることはクラウスも分かっていた。

それでも、愛しいと思う気持ちは変わらずあって、だが今日の舞台の晴己を見た時、これ以上晴己を悩ませないように身を引いた方がいいのかもしれないと、実はそう思っていた。

思い詰めたような表情のクラウスに、晴己は少しきょとんとしたような表情を見せた後、クラウスの手をそっと自分の胸の上へと導いた。

「大丈夫、俺……普通の人間ですから。この手は翼になったりはしないし……」

「市花……」

「ちゃんと、普通の人間の体でしょう?」

少し笑ってそう言った後、晴己はゆっくりと言葉を続けた。

「でも、そんなに心配なら今度は、今日姉が踊ってたのを踊ってあげますよ。あの踊りの白拍子は、清姫の魂が憑り移ってたんですよ。蛇になり、裏切った愛しい男を焼き殺したお姫様が」

笑みを浮かべ、どこか楽しげに言う晴己に、クラウスもようやく表情を和らげた。

「それくらい強いお姫様の方が安心だな。裏切りさえしなければいいんだから」

「裏切らないだけじゃや、駄目ですよ。ちゃんと、愛し続けてくれなければ」

その晴己の言葉に、クラウスは再び眉を寄せ、難しい顔になる。

「市花、私を煽るな。疲れている君に襲いかかるような真似はしたくないんだ」

「そういう理性的な所は、とても紳士で立派だと思います。でも、理性で押さえ切れる程度なのかと思うと、少し寂しい気がするんですが」

晴己は少しおどけるような口調だったが、クラウスを見つめる瞳は真っすぐだった。

「……理性を飛ばした私がどうなるか、後で泣いても遅いぞ」

クラウスはそう囁くように言うと、ゆっくりと晴己へと口づけた。


「ん……っ、あ、あ、ああっ」

ヌチュッと粘着質な音が下肢から響くのと同時に、体の奥深くから堪えようのない悦楽が沸き起こり、晴己は唇をわななかせた。

「もう……だめ、もう……あ、あ、あ」

その唇から漏れることばは、もはや意味のない喘ぎでしかない。

今日のクラウスは、執拗なまでに晴己を追い詰めた。

『慣らす』という名目で、泣き出す寸前まで晴己を指で追い上げながら、達することはなかなか許してくれず、ようやく許してもらえたと思えば今度はずっと達かされ続けた。

クラウスを受け入れた時には、体のどこにも力が入らなかった。

何度も意識を飛ばして、それでも体を貪られては悦楽に意識を取り戻す、という状態の晴己の中で二度達しておきながら、クラウスはまだ晴己を離そうとはしなかった。

「社…長……、もう…足が……」

体を苛む悦楽から逃れたいものの、クラウスを唆したという自覚がある晴己は大きく開かされたままの足がつらい、というのを理由になんとかやめてもらおうとした。

だが、その目論見は綺麗に外れた。

「そうだな……。それなら、こうすれば少しましになるだろう」

クラウスはそういうと晴己の片方の足を折りたたむようにすると、繋がったままで晴己の体を横抱きにした。

「ひ……ぁ、あ、あっ」

中に止まったままのクラウスに肉襞を大きくかき回されるような形になり、体を襲った大きな刺激に晴己は目を見開いた。

だが、それだけではなかった。

クラウスは晴己が落ち着くのも待たずに晴己の体を完全にうつぶせると、腰を強く摑んで強引に持ち上げた。

「や……だ、あ、あ……っ」

取ることになった態勢の恥ずかしさに晴己は抗議の声を上げるが、それをクラウスは簡単に遮った。

摑んだ晴己の腰をゆっくりと揺らし、敏感になりすぎている肉襞をかき混ぜるようにして愛撫することで。

「ぁ――……っ、あ、あ……っ」

その度に、先に中で放たれた精液が溢れて晴己の足を伝い落ちた。

淫らな感触に晴己は体を震わせるが、それでもなおクラウスは蹂躙をやめようとはしない。

「だから、後で泣いても遅い、と言っただろう……？」

後ろから、まるで首筋に食らいつくような姿勢で晴己にのしかかり、クラウスは囁く。

その声は楽しげで、晴己はしゃくり上げた。

「泣くことはないだろう？　だが…そうだな、それほど嫌ならしばらくはじっとしていてやろう」

クラウスはそう言うと動きを止める。

感じすぎてつらいほどだった悦楽から逃れられたことで、晴己は安堵を覚えたが、体は晴己の意思を裏切った。

動きをやめても中にしっかりと存在するクラウスを強く締め付けながら、みだらに蠢いている

のだ。

「やだ……や、ぁ、あ……」

思いがけない己の淫らさに晴己は声を震わせた。それにクラウスは小さく笑い、

「どうやら、体はまだ満足していないようだな……」

甘く囁くように言いながら、緩く腰を回した。

「あ……あ、あっ」

それは本当に些細な動きでしかなかったのに、晴己の体は悦ぶように震え、声が上がる。

「ん……ぁ、あ、あっ」

小さな動きを重ねられて沸き起こる愉悦に晴己の体は小さな絶頂を何度も呼び戻して震えた。

その晴己の背に覆い被さるようにしながら、クラウスはそっと晴己の首筋を舐める。

「ひ……ぅ……あ、あ……だめ、や、あ、あっ」

首筋を甘く噛んだり舐めたりしながらクラウスは手を晴己自身へと伸ばし、指先ですっと撫で上げた。

軽く触れられただけでも、達し続けて敏感になりすぎた自身は新たな悦楽を晴己へと伝えてくる。

今の晴己にはつらすぎる悦楽だった。

「ここをこんなに濡らして……。ビクビクして、ずっと漏らしたままなのが分かるか？」

そう言いながらクラウスは蜜を漏らす穴を指の腹で擦る。

「ひ……っ…あ、あ、あっ」

駆け抜けた悦楽に悲鳴を上げながら、晴己は蜜を飛ばしたが、すでに放ちすぎてまるで水のように薄いものになっていた。

それなのに与えられる愛撫に従順に反応し、クラウスが握り込むようにして上下に扱くとビクビク震えてしまう。

そして、前に与えられる悦楽で、クラウスを受け入れている後ろまでが淫らに蠢いた。

「中も、ずっと達ったままだな」

小さな痙攣を繰り返しながら、吸い付いて離れようとしない淫らな肉襞の動きを揶揄しながら、クラウスは覆い被さっていた上体を起こすと、晴己の腰を抱え直した。

「これで最後だから、もう少しつきあってくれ」

クラウスのその声に返事を返す間もなく、クラウスが大きな動きで再び晴己の体を蹂躙し始める。

「――――っ……あ、あ、ああっ」

あまりの悦楽に、晴己の唇から上がる声はもはや音にさえならなかった。

苦しいほどの絶頂が延々と続いて、晴己からすべてを奪い取る。

「も……ぁ、あ、あ……っ」

狂ったように締め付ける内壁の動きに、クラウスは眉を寄せながら抜け出るギリギリまで自身を引き抜いた。

そして一気に最奥まで貫くと、悶える肉襞に熱を浴びせかける。

「ぁ――……」

新たな熱が体の中を満たしていく感触に晴己の体がヒクッと最後の震えを放ち、そして力をなくしていく。

意識をなくしてなお、喜ぶように淫らに震える晴己の中へすべてを注ぎ込みながらクラウスは満足げに晴己の背を見下ろした。

そして、不意に何かを思いついたように。背中に浮き上がる両方の肩甲骨の上に唇を落とし、きつく吸い上げて跡を残した。

そこから羽根が生えるのを封印するかのように。


「三浦先輩、この前の舞台、こんなに大きな写真で出てますよ！」

二週間後、昼食から戻って来た友永はそう言って晴己に駆け寄ってくると、手に持っていた雑誌を開いた。

そこには恭子と、そして晴己の舞台写真がそれぞれかなり大きく載せられていた。

「ご飯食べた後、ぶらっと本屋に寄ったらたまたま置いてあって、思わず買っちゃいました」

「ああ、本当だ。久しぶりだなぁ、こんな風に大きく舞台のことを扱ってもらうのも」

あの日の公演はこうしていろんな雑誌で、かなり大きく取り上げてもらっている。

半分は『名門・桃井の復活』という部分の話題と、もう半分は同じ日に公演があった鵬元流のスキャンダルのためでもある。

あの日、任意で事情聴取に応じた形になった野川は、結局とぼけきることもできず、逮捕ということになった。

さらに、クラウスが言っていたマフィア――つまるところ、ヤクザとの関係なども明るみに出て、そのせいで生徒は激減し、たった二週間で今や鵬元流は解散寸前だと言われている。

もちろん、スキャンダル面が問題でもあるし、やはり流派としての指導力不足も大きな問題になったからだ。

同じ日に公演のあった鵬元流と、桃井とは、公演の開始時間がずれていたため、ほとんどの雑誌社がハシゴで舞台を見ることができた。

そして、両方の舞台を比べた結果、鵬元流の在り方そのものを疑問視するような意見が大部分を占める結果になった。

この雑誌でも、桃井と比べ、鵬元の扱いはかなり小さい。

それは、公演前までの鵬元からすれば考えられないほどの扱いの小ささだ。

『以前は野川が裏で金摑ませて、ちょうちん記事書かせてたんでしょ。そうじゃなきゃ、ここまで手のひらを返したような記事になったりしないわよ。事件と舞台のよさは別だもの。あんな事件があったところで、舞台がよければ、今後も期待したい、とかなんとか適当にうまく書くわよ』

そう言ったのは恭子だった。実際に、そうなのだろうとは思う。

桃井が資金面で四苦八苦して、かなり危なかった時期、公演の規模は小さくなってしまったがそれでも寄せられるコメントは好意的なものが多かった。

「この苑弥さんって先輩のお姉さんなんですか？　記事にそう書いてありましたけど……」

「うん、そうだよ」

簡単にそうとだけ答えたのは、自分から詳しい話をするつもりはないからだ。

友永は『桃井恭子』と『三浦晴己』が実の姉弟だという事実を確認すると、それ以上を追求するつもりはないようだった。もっとも雑誌の記事だけなら、恭子が桃井家に嫁いだ、とも思えるから、そう勘違いしているのかもしれないが。

「あんな綺麗な人がお姉さんだなんて、羨ましいです」

心の底からそう思っている様子の友永に、美しい花には棘があるものだ。しかも恭子の場合その棘を触れずとも飛ばしてくるぞと言ってやろうかとも思ったが、実像を知らせる必要はないか、と『姉が聞いたら喜ぶよ』とだけ言うに止めた。

「それにしても、先輩って凄い人なんですね。花嶌って大きな名前なんでしょう？　趣味で日舞をって言ってらしたから、習い事の範囲かと……」

そこまで言って友永は急に言葉を途切れさせる。それにどうしたんだろうと思っていると、

『ミスター三浦、まだ休み時間なのにすみませんが、社長がお呼びです。すぐ伺って下さい』

背中から聞こえて来たのはゲオルクの声だった。

『分かりました』

振り返り、そう返事をするとゲオルクは軽く頷いて自分の席へと戻って行く。

ゲオルクが日本語を解す、ということは、会社では未だ秘密だ。

日本語が分からない、ということにしておくことで得られる社員の本音情報をまだまだ収集するつもりらしい。

友永に関しては『子供の戯《ざ》れ言《ごと》程度のことは気にしません』と言っていたので、大丈夫だろう。

「じゃあ、行ってくる。本、見せてくれてありがと」

晴己は友永にそう言って、秘書課を出ると社長室へと急いだ。

このところ、晴己は社長室へと呼び出されることが多い。

それだけクラウスと直接関わる仕事を任されるようになった、というのもあるのだが――。

「社長、何か御用ですか？」

社長室に入って、すぐにそう問う晴己の声は訝しげだ。

「つれない声だね。昼休みに恋人を呼んで何が悪いのかな」

返ってきたクラウスの声はからかうような笑いを含んでいる。

「いくら昼休みでも、就労中は公私混同をしないでくださいって言ってるんです」

そう言いながら、晴己はクラウスが座しているソファーへと近づいた。

現在、二人の関係は互いに思い合う『恋人同士』ということになっているのだが、二人の接点はそう多くない。

公演後、生徒が増えた桃井では、教室を一クラス増やした。そのしわ寄せが晴己にも来ていて、今まで以上に忙しく、デートもままならない。

会社でも、社長秘書『補佐』である晴己とクラウスとの接点は本来、あまり多くはない。

そのためになかなか不自由な状態になっているのだが、クラウスは会いたくなれば何かと理由をつけて晴己を呼び出すのだ。

「そう言うな。わざわざ君に会う用事を作るために、私は今まで以上に勤勉に仕事をこなしているんだからな」

そう言いながらクラウスは晴己に座るように手で示し、晴己はクラウスの前のソファーに腰を下ろした。

「さっき、恭子さんと少し電話で話したんだが、桃井流に専念するという話を蹴ったそうじゃないか」

「もう、社長にまで話が通っているんですか？」

「もちろん。私は桃井流のスポンサーだからね」

クラウスの言葉通り、昨日、晴己は会社を辞めて、舞踊家一本でやっていく気はないのかと恭子に聞かれた。

それがスポンサーとしてのクラウスの希望でもあると聞かされたのだが、晴己は受けなかった。

「この前の公演は、どの雑誌も絶賛していたじゃないか。君ほどの踊り手が、サラリーマンと兼業でというのは舞踊界においても損失だと思うんだが、どうしてか、理由を聞かせてもらってもいいかな」

クラウスの問いに、晴己は小さく肩を竦めた。

「いろんな方が褒めて下さっていることはとても嬉しいですし、踊ることも変わらず大好きですよ。でも」

「でも？」

「会社を辞めてしまったら、ますますあなたと会いにくくなるじゃないですか」

晴己のその言葉に、クラウスは満足そうな笑みを浮かべた。

「君の口から、そんな可愛いセリフが聞けるとは思っていなかったな」

クラウスはそう言って、カレンダーをちらりと見やってから言葉を続けた。

「今夜は、稽古のない日だろう？　会社が終わったらゆっくりと食事でもどうだ？」

それに晴己はにこりと笑んだ。

「ありがとうございます。直属の上司から、何か急な残業を押し付けられない限りは、お受けしたいと思います」

直属の上司、それはゲオルクのことだ。

二人の関係を知っているゲオルクは、わざとなのか偶然かは分からないが、何かと二人で会おうとすると妨害を入れているような節がある。

それは、クラウスも感じているらしく、

「一度、あいつを連れて牧場にでも行った方がいいかもしれないな。きっと馬が蹴り飛ばしてくれるだろうから」

そう言って笑いながら立ち上がると、晴己の隣へと腰を下ろして晴己の肩を抱き寄せ、そっと口づけようと顔を近づけた。

『会社ですよ』と言って止めてしまうのは簡単だったが、晴己は軽く目を閉じる。

そして、慈しむように触れる優しい口づけに、穏やかな幸せを感じていたのだった。

あとがき

新しくきたPCさんはvistaで2G搭載の方なんです。いい方なんです。

でも、XPさんが忘れられなくて……と未亡人気分の松幸《まつゆき》かほです（長っ）。

今回は詐欺娘…ではなく鷺娘で着物で外国人さんに言い寄られて困っちゃう、な本になっております（アバウトすぎ）。調子に乗って書いてしまい、あとがきが1Pに……。いや、別に書くこともそうないのですが。

ただ、声を大にして伝えたいことが一つ。イラストが素敵すぎます!!

イラストを付けてくださった緒田《おだ》涼歌《りようか》先生、本当にありがとうございました！　素敵すぎてキャララフを頂いた時には萌死するかと……。いえ、それで命を落としてもむしろ本望です！

それから担当のN塚様、今回も大変お世話になりました。いつもお電話で楽しいお話ができて喜んでおります。八割がた馬鹿話になってすみません。これからもよろしくお願いいします。

あと、読んで下さっている皆様には本当に心から感謝しております。

期待に添えるようなお話を書けたかどうかは定かではありませんが、これからもがんばりますのでよろしくお願いいします。

二〇〇八年　冬眠したい気持ちでいっぱいの二月

松幸かほ

CROSS NOVELSをお買い上げいただき
ありがとうございます。
この本を読んだご意見・ご感想をお寄せください。
〒110-8625
東京都台東区東上野2-8-7　笠倉出版社
CROSS NOVELS 編集部
「松幸かほ先生」係／「緒田涼歌先生」係

CROSS NOVELS

白鷺が堕ちる夜

著者

松幸かほ

2008年4月23日　初版発行　検印廃止

発行者　笠倉伸夫
発行所　株式会社　笠倉出版社
〒110-8625　東京都台東区東上野2-8-7　笠倉ビル
[営業]TEL　03-3847-1155
FAX　03-3847-1154
[編集]TEL　03-5828-1234
FAX　03-5828-8666
http://www.kasakura.co.jp/
振替口座　00130-9-75686
印刷　株式会社　光邦
装丁　磯部亜希
ISBN　978-4-7730-9903-4
Printed in Japan